行星語書店

행성어 서점

김초엽
金草葉——著
郭宸瑋——譯
崔寅皓——繪

只要不給予疼痛就是所謂的愛嗎？
還是說，忍受痛苦才算是愛？

〈擁抱仙人掌〉

〈#cyborg_positive〉

〈黛西與奇怪的機器〉

〈行星語書店〉

〈願望收藏家〉

〈停止哀切的情歌〉

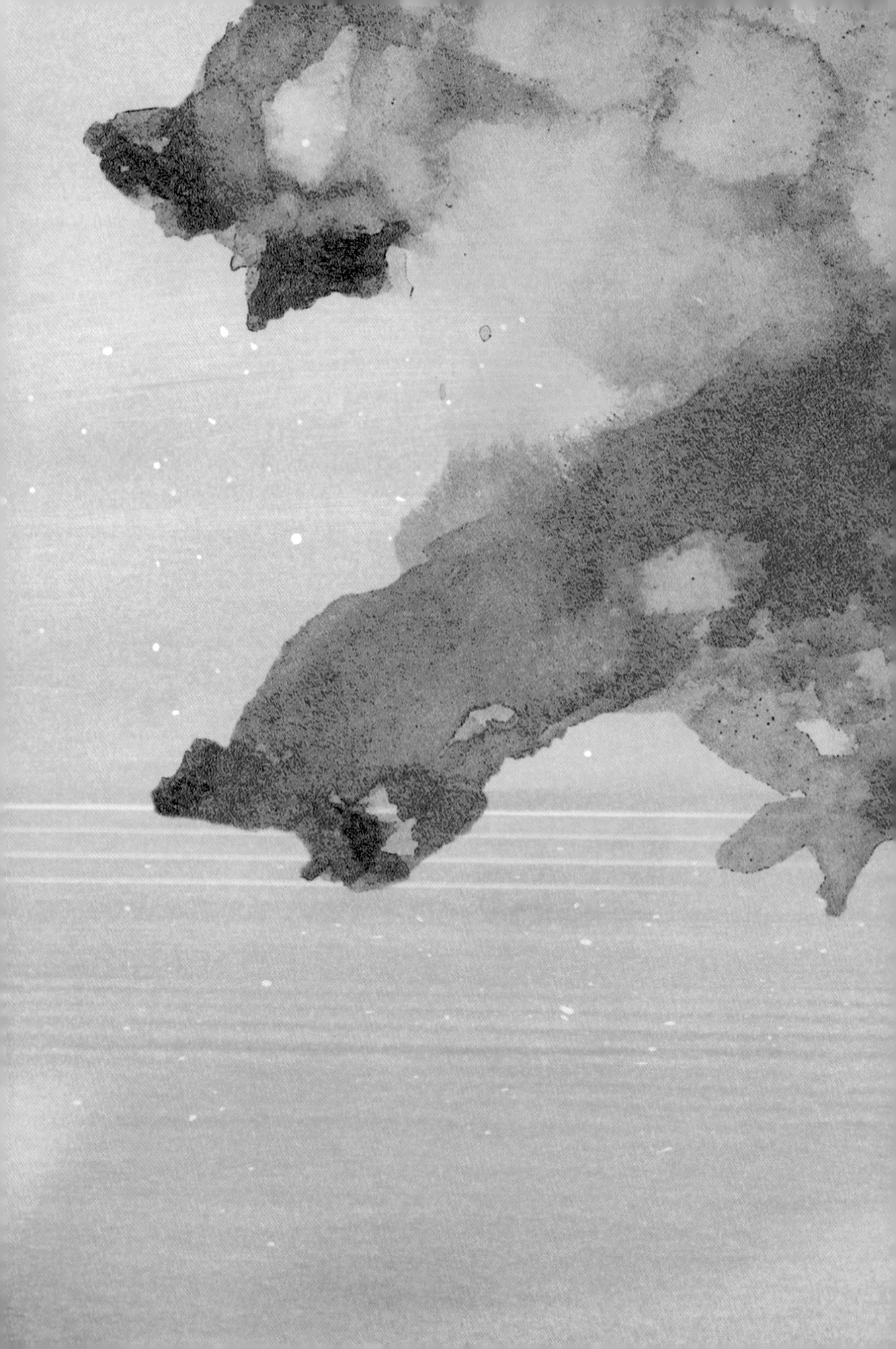

〈未被捕捉的風景〉

〈沼澤少年〉

〈離開西蒙時〉

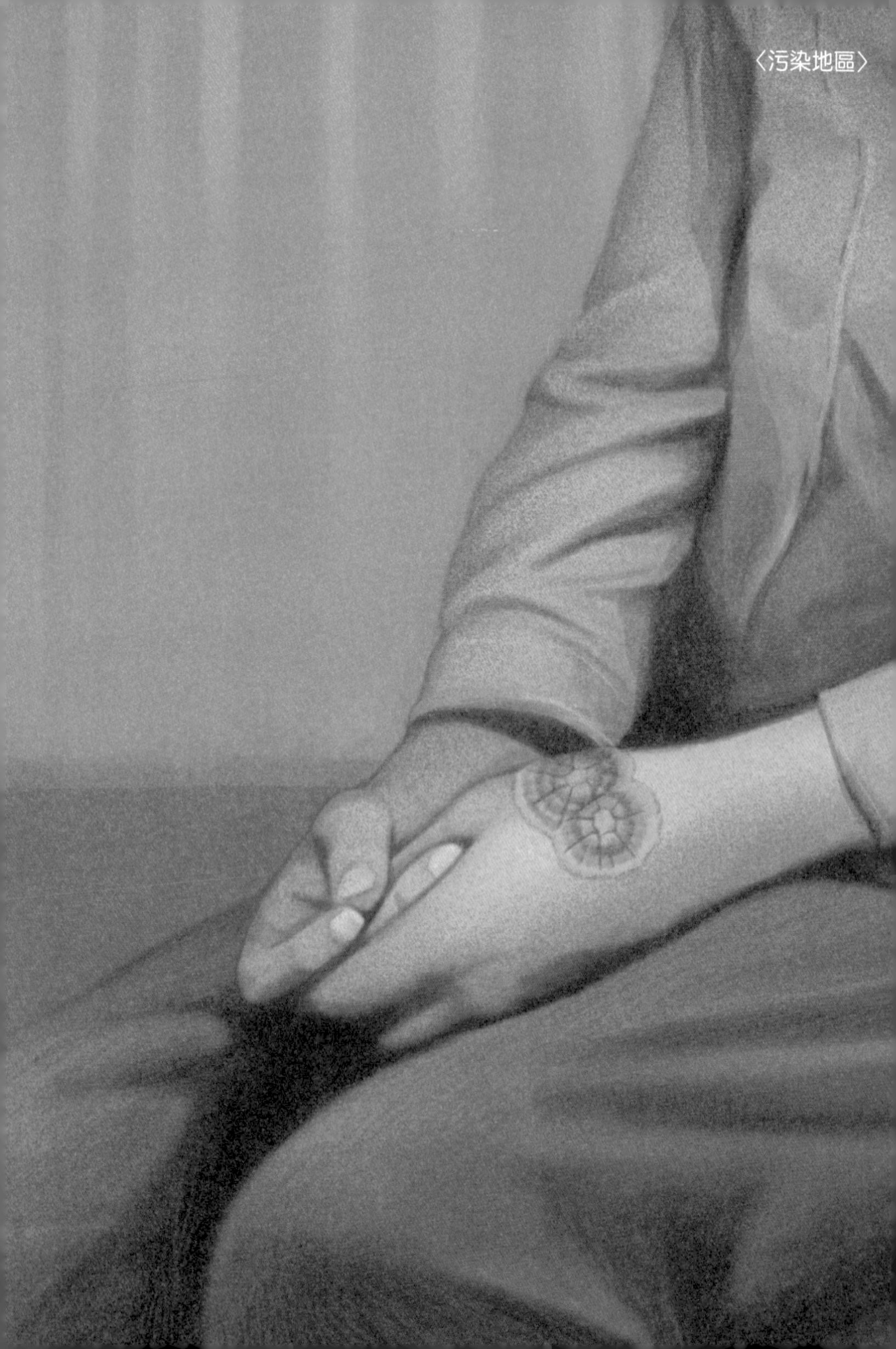
〈污染地區〉

〈家裡的可可〉

〈地球的另一群居住者〉

007
58·NI

〈越過邊境〉

目錄

小心不要觸碰彼此

另一種生活方式

作者的話

把所有短篇作品放在一起，我才發現很多故事都是一口氣寫完的。撇開確定主要題材以後，為了內容而冥思苦想的日日夜夜之外，從寫下第一個句子，到點下最後一個句號為止，全部都是一氣呵成。

這些靈感已在筆記本上沉睡數年，我始終不知道該如何讓它們變成小說。奇怪的是，唯獨受到「短篇小說」的篇幅限制後，一下子就擴展成一篇一篇的文章。我告訴自己：「反正篇幅如此短小的文章，也不可能變成完美的小說，不如寫個我自己認定的好故事」。大概只有放下肩上重擔，我才能繼續前行，最終抵達那充滿俐落故事的村莊。

這些故事都是從那個村莊裡收集的，希望所有人都能像度假一樣，用輕鬆的心情享受這本書。

二〇二一年秋
金草葉

這裡只有您跟我兩個人，

我們也可以聽見彼此說話的聲音。

所以我們只要發出聲音進行對話，這樣不就可以了嗎？

小心不要觸碰彼此

擁抱仙人掌

初次來到帕希拉的家時，那裡的前院擺滿了仙人掌。我的視覺感應器一一識別仙人掌的品種，並將品種名稱顯示在訊息視窗中。天人掌、巨人柱、笛吹多肉、花座球屬仙人掌、大棱柱屬仙人掌……有高的、有矮的、有充滿尖刺的、也有找不到任何一根刺的，全都混雜在一起。不計其數的仙人掌雜亂無章地栽種在庭院中，與其說這是仙人掌收藏家的庭院，倒比較像是某人誤將縮小版的沙漠風景移植到城市中心。經過家門前的行人大部分都目不斜視，似乎已經對這個仙人掌庭院十分熟悉，但也有人的腳步會逐漸放緩，瞪大的雙眼露出不可置信的神情。

我不禁感到懷疑，這個家的主人帕希拉無法接觸到任何事物，該怎麼照顧這些數目眾多的仙人掌？接著，下一秒我幡然醒悟，管理這些仙人掌大概會變成我將來必須要做的事情。

甫一按下門鈴，大門便立刻開啟了。正如先前獲得的情報，帕希拉家裡的結構非常獨特。才進到入口處，就能瞥見其中宛如迷宮的內部構造。懸掛在天花板上的玻璃牆像波浪般移動著，當我前進時，玻璃牆便朝我的反方向遠去。我從玄關處沿著通往客廳中央的道路前進，奇異的光景再次進入我的視野。隔著透明玻璃牆望去，那裡陳列著多不勝數的仙人掌花盆，看來被仙人掌占據的空間不僅是庭院而已。我盯著一直延伸到客廳的仙人掌列隊，同時對視覺感應器進行調整。來到客廳中央，我看見一張模樣詭異的金屬椅子，而帕希拉就坐在那張椅子上。

「我來自柯爾特機器人派遣中心。」

帕希拉看著我。往上高高梳起的深灰色頭髮、銳利如鷹的眼神、歪斜的嘴角，以及看似堅定的態度，還有與態度完全相反的蜷曲身體。感應器在極短時間內，便將帕希拉的臉龐與整體形態記錄到系統中，並將其設定為我的擁有者。帕希拉身上穿著特殊材質的衣服，衣服發出窸窣作響的聲音，感應器在進行辨識後告訴我，為了不讓衣服直接觸碰到帕希拉的皮膚，所以布料與肌膚之間隔著一些距離。接著感應器發出警告，從表情分析結果來看，帕希拉現在的心情並不是太好。這時，帕希拉正喃喃自語著什麼，位於我們倆之間的玻璃牆緩緩往上折疊。

「從現在開始，我可以幫助您做任何事。請您對我下達命令。」

我直視著帕希拉，等待他的命令。然而，帕希拉只是沉默地盯著我，沒有打任何招呼，也沒有下達任何指示。

我是帕希拉的第六台輔助機器人。在過去半年裡，帕希拉已經換掉四台輔助機器人，那些機器人全部都是在核心晶片被嚴重摧毀的狀態下送回派遣中心。派遣中心的職員無不咋舌驚歎，因為毀損的部位對機器人來說是最重要也最昂貴的核心晶片，這根本就是熟知機械構造的人幹出的惡劣行徑。在觀察過帕希拉的住所——這個以「真空之家」為人所知的地方後，我發現對帕希拉而言，掌握機械的內部結構根本就不算什麼。

為了盡可能讓帕希拉不要接觸到任何物體，這棟房子設計得相當精巧。他家的家具能夠預測帕希拉的移動路線，避免帕希拉在移動時，與動線上的任何一件物體產生碰撞，例如自體移動的玻璃牆、可產生微小空氣層的特製家具、擁有非接觸識別功能的家電用品……等。帕希拉在家中經常乘坐的輪椅也安裝了巨型的附屬裝置，據說這個裝置在帕希拉與特殊材料製成的座椅之間，建立了一層非接觸夾層。雖然都是在其他地方不曾見過的陌生產品，但是在真空之家裡，這些家具彷彿是一套完整的裝置藝術品，彼此和諧相容。就連半透明玻璃牆日夜不停地轟隆作響，不斷改變位置的運作，也成為一種表演藝術。從家具的色調與配置，乃至整體構圖的美感，都確實展現了帕希拉曾以世界上最偉大建築師的稱號揚名於世的實力。

我剛來到這個地方的時候，帕希拉表現出的態度十分尖銳。他無禮而恣意地對待我，用唯一對接觸的疼痛感不那麼明顯的腳尖，將物品四處踢飛。到了傍晚，他開始發出尖叫悲鳴，在客廳中徘徊打轉。早晨來臨時，便以扭曲不悅的表情命令我，要我將仙人掌重新排列，並以我所排列的位置與他的指示不符為由，對我破口大罵。

現年四十歲，經歷過成就巔峰的建築師，因為手術的後遺症，在一夜之間變得無法觸碰任何事物。然而，要一般人在生活中不去觸摸所有東西，在物理上是無法達成的事情，因此觸碰的疼痛也在二十四小時中不停地折磨著他。我也能夠理解，這種人不可能擁有什麼溫和的個性。但是，為什麼偏偏是過去這半年呢？依據派遣中心提供的資料顯示，帕希拉在此前擁有的其中一台輔助機器人，使用時間長達五年，然而機器人發生損壞的狀況，卻是在最後幾個月之間發生的事。派遣中心的職員除了要求我盡量不要被破壞之外，同時也對我下了指示，假設遇到不可避免損毀的情況時，至少要將帕希拉突然以這種方式破壞機器人的原因找出來。

起初，帕希拉像是想要把房子或牆壁全部破壞殆盡一樣，做出許多暴力行為，而我也只能被他的蠻橫暴行左右。只是，當我明顯地想要避開帕希拉的踢擊時，他似乎也察覺到這一點。某一天，帕希拉臉上堆滿了惱怒，對我說道：

「喂，你怎麼可以躲避你的主人？」

「因為您打算要破壞我。」

「你被碰到又不會覺得疼！被破壞也不會覺得痛啊！」

「確實不會產生痛感，不過我可以感受到對於被破壞的恐懼。」

「為什麼？」

「我就是這樣被創造出來的。」

帕希拉聽完我的說詞後，便陷入沉思之中，一會兒又接著問道：

「如果你能感覺到恐懼，那是不是也算一種痛苦？跟我經歷的事情是不是很類似？」

聽到帕希拉這麼問，我仔細想了想。過去的輔助機器人，大概都所見略同地回答了「不一樣」。帕希拉感受到的痛苦，與機器人被設定輸入的恐懼，這兩者是有所區別的。以前的那些機器人，可能正是因為立刻回覆了那個答案，所以才會被破壞。思考片刻後，我才如此回答道：

「我認為您說的沒錯。因為您會盡量避免所有接觸，而我則是會避免被破壞。雖然嚴格說來意義上有所不同，但從我們所迴避的對象來看，確實十分相似。」

「是這樣嗎？你們好不容易才作為機器人誕生，卻要過著戰戰兢兢的生活，真是充滿遺憾的一生啊！」

雖然帕希拉的語氣十分輕蔑，但自從那一天起，我便再也沒有受到任何蠻橫的對待。

數日以後，帕希拉似乎是下定了什麼決心，開始在家裡忙碌起來。他一件一件審視家裡的所有物品，並命令我在每一件物品上黏貼五顏六色的標籤貼紙。一天，有人前來拜訪帕希拉，但即使對方按了門鈴，且在門前停留良久才轉身離去，帕希拉也只是盯著監控螢幕上的訪客身影，就這樣過了一個小時，始終沒有敞開家門。又有一天，有人駛著一輛體積碩大的卡車來到家門前，見狀帕希拉對我指示道：

「把貼著紅色標籤的物品交給那個人，地下倉庫裡的東西也比照辦理。」

駕駛卡車的訪客並沒有詢問我任何問題，帕希拉也沒有出面親自確認物品的狀況，而我只需要確保這些搬運到門口的物品，確實都有貼上紅色標籤。我整天都忙著將這些東西搬上卡車，幾乎都是一些裝著雜物的箱子。然而這些雜物似乎不屬於帕希拉，因為裡面大部分都是「有很多接觸面」所以無法使用的物品，例如：被蓬鬆軟墊包覆的椅子或玩偶、鉛筆、類似圍巾的大塊布料等等。還有一些東西上面貼著S大寫字母，或是「小英」這個名字。

一個禮拜後，又一輛貨車來到這裡，將地下室剩下的其他大型家具載走，都是些床具及家用電器。又過了十天，帕希拉命令我將標籤貼在他不久前仍在使用的物件上。不過，這次沒有任何人開著大型車輛來將這些東西一口氣運走，只有寥寥一兩個人到帕希拉家，各自帶走一些東西。從他們的談話中可以推測，這些人是為了對帕希拉的收藏品進行某些研究，所以才向帕希拉購買這些私人物品。這些流程彷彿很久以前就已經計劃好，一切都機械化地進行著。

處理家中物品的過程中，我發現了帕希拉獨自研究自己觸覺的痕跡，以及發想非接觸技術的筆記資料。然而在某日，帕希拉將這些資料整理出來，並打算全部處理掉。他把裝著這些資料的箱子交給某個人，但對方卻似乎是帕希拉完全不認識的人。

「還有東西要燒嗎？」

帕希拉不動聲色地瞥了滿坑滿谷的仙人掌花盆一眼，停下來思考一陣子後，才慢慢地搖了搖頭。

帕希拉直到最後都沒有處理掉那些仙人掌，但也沒有去照顧它們，就只是置之不理。

而我則是從中央網路下載植物管理程式，將所有的仙人掌一盆一盆登錄到程式中，每當感應器跳出訊息，告訴我仙人掌需要水份時，我就會幫它們澆水。不過由於仙人掌的天性，它們不需要過多的水份或頻繁更換營養劑，所以那些仙人掌便在帕希拉的漠不關心下成長茁壯。

就在帕希拉將仙人掌以外的家具都處理完後，有兩名訪客前來拜訪他。此時此刻，帕希拉家中需要處理的物品已所剩無幾。我本來猜想，那兩人可能是來購買帕希拉家中所有仙人掌盆栽的仙人掌收藏家，然而帕希拉卻出乎意料之外地下達命令道：

「不准幫那些傢伙開門。」

我想起大約一個月以前，她們也曾經來拜訪帕希拉，而最後僅僅是在門前乾等了一會兒便離去。我身上的感應器將監視器螢幕畫面放大，看見她們穿著的上衣口袋繡著一個標誌——伊甸育幼院。帕希拉對她們徹底視而不見，卻在屋子裡來回移動，接著他接起響著鈴聲的電話，開始通話，看起來似乎是找到了有意願要買下這棟房子的人了。

當天晚上，帕希拉操控著輪椅來到客廳，並從輪椅上站了起來。我來到這個家的期間，從未見過帕希拉站起身的模樣。他的動作十分突然，帕希拉光著腳踩踏地面，臉上開始出現因痛苦而扭曲的神情。

「從現在開始，拜託你不要再管我了。」

他對我下達這道命令，聽起來也像是一句哀求。

「請問您這是在做什麼？需要我提供什麼協助嗎？」

帕希拉沒有回答我的問題，而是在非接觸式的遙控器上做出一些手勢，讓家裡宛如迷宮一般的玻璃牆緩緩摺疊上升，直到收置於天花板上。空曠冷清的客廳牆邊，露出一排排的高大仙人掌盆栽，這些植物大部分不僅龐大，還長滿了鋒利尖銳的刺，放眼望去簡直就像一個武器倉庫。

帕希拉朝著盆栽走去，在仙人掌旁邊停下腳步。我倏地察覺到帕希拉的意圖，卻在成功阻攔他的前一秒，眼睜睜看著帕希拉敞開雙臂，上前擁抱比他還要高大的仙人掌。

突出的銳利尖刺緊壓著帕希拉的皮膚表面，而後仙人掌的刺深深埋入他的胳膊、臉頰以及衣服裡面的肌膚，帕希拉發出痛苦的悲鳴，然後癱倒在地板上。仙人掌盆栽也嘩啦嘩啦應聲倒下，碩長的仙人掌錯落倒在帕希拉身上，培養土撒了滿地。某株仙人掌從中斷成兩半，折斷的部分滾到帕希拉身旁。

尖刺、血跡、破裂的花盆碎片。

我呼叫了救護車，然而電話沒有接通，我匆忙打開家門往外衝。

當我衝出門想要向行人尋求協助時，我發現白天登門拜訪的那兩個女人還在外頭，她們把車停在門口等待著什麼，我還以為她們已經放棄了。就算知道會受到懲戒，我還是不顧一切地把門敞開，她們兩人迅速進入家中，在確認帕希拉目前的狀態後才呼叫救護車。救護車將帕希拉送往醫院的期間，他被注射了鎮定劑，完全不省人事。

女人看著沉睡的帕希拉，向我解釋道：

「帕希拉長期對我們育幼院提供援助，不過在他生病以後曾一度音信全無。後來再次見面，我們向他介紹育幼院裡一個叫『小英』的孩子。那女孩恰巧跟帕希拉一樣患有接觸症候群，不過她的症狀比帕希拉來得輕微，所以還可以維持日常生活。可是要跟同齡的小朋友相處並不容易，只要不小心輕輕碰到別人的身體，就會因為疼痛而皺起小臉，任何人看到那種表情，即便再善良的小孩也沒辦法輕易接近。不過，小英與拜訪育幼院的帕希拉卻很快就變得親近，大概是因為他們很了解該如何對待彼此，也很清楚應該要保持怎樣的距離是最安全的。小英會一一與帕希拉分享一切，例如身患接觸症候群的生活是什麼模樣、應該要注意什麼事情、要怎麼做才不會覺得痛苦。也是小英告訴帕希拉，她覺得他們倆很像仙人掌，雖然無法輕易被人擁抱，卻能讓其他人看到獨特而堅強的外貌。」

我點頭，表示自己正在聽。

「從那時起，帕希拉就開始改造自己的房子，就為了創造出一個在無接觸的狀態下也能夠生存的環境，然後在庭院及房子裡的角落種滿了仙人掌。不過，即使帕希拉每個週末都會來育幼院看小英，但始終都沒有提過要領養小英。因為他一直覺得自己需要別人照顧，所以無法撫育其他人。後來，當小英到了一定年紀，可以離開育幼院時，帕希拉才欣然讓小英搬進自己的住處。於是，兩個人像是家人又像是朋友，一邊彼此永遠保持著固定的距離，一邊小心翼翼地留意不要觸碰到對方。」

「那現在小英人在哪裡呢？」

我想起帕希拉一直都是獨自一人，便開口詢問。

聽見我的疑問，女人面露哀傷。

「小英在半年前就去世了，我們太晚發現在她體內蔓延的疾病。生理上的疼痛是他們倆的日常生活，因此才會對陌生疼痛發出的警訊毫無知覺。帕希拉對於自己當初沒能確實發覺小英喊痛的原因感到十分痛苦，也認為小英的死是自己的錯。小英去世以後，帕希拉只對一個人提過這件事，對方是他結識很久的記者。事情就是這樣。」

女人給我看了那段採訪的影片，我則盯著影片中說話的帕希拉。

「臨死之前，那個孩子對我說：『帕希拉，我可以擁抱你一次嗎？就這麼一次』，

我敞開自己的懷抱擁住那孩子，一直抱著堅持到最後一秒。我按捺著尖叫的本能，抑制

著痛苦的淚水，感受著皮膚表面如刀割般的疼痛。當時的我心想，只要不給予疼痛就是所謂的愛嗎？還是說，忍受痛苦才算是愛？最後，我還是沒能克制住自己放聲大叫，醫生將我與那個孩子分開時，我的臉已經被痛感所麻痺，床單上沾滿了我的淚水，而她早就在十分鐘前就停止了呼吸。那時，我才悲慘地發現，對我而言，痛苦就是愛。」

帕希拉環視著自己寂寥的家，說道：

「即便如此，還是有人願意接受這樣的愛。」

在短暫的沉默之後，帕希拉接著又補充道：

「現在已經沒有了。」

房子售出的消息傳開後，聞訊而來的人們認養了帕希拉家中數量眾多的仙人掌盆栽。不只是栽植於花盆中的仙人掌，就連種在庭院地上的仙人掌，也有人願意特意將土壤刨開，用卡車來搬運。看著帕希拉原本壯觀的仙人掌庭院逐漸冷清的景象，我想這些仙人掌已經完成了自己的使命。帕希拉藉由擁抱仙人掌，來向仙人掌徹底告別。

據說，「真空之家」暫時會保持原貌，並且會為了罹患接觸症候群的人，將此處作為房屋設計的研究樣本。帕希拉問我，是想繼續留在這個家中，與下一個入住的主人締結契約，還是想要回到派遣中心，我回答了後者。

「你不喜歡這間房子嗎？我還以為你很喜歡這裡呢。」

雖然很想直接回答「我確實很喜歡這個地方」，但由於這個答案並不是我的真心話，所以我仍舊沒有說出口。我做出了能力範圍內最複雜的感情表現，亦即露出一個看起來模糊曖昧的微笑，而帕希拉也對我揚起笑容，一副能夠理解我心情的表情。然而，這是我第一次在帕希拉的臉上看到笑容。

「帕希拉，您之後打算要去哪裡？」

「我決定去一個很遠的地方。」

「目的地不在這個國家，而是在其他國家嗎？」

帕希拉沒有回答這個問題。我突然醒悟，他即將要前往的地方，既不是國外也不是某個地方，而是比這些地點還要更加遙遠之處。

#cyborg_positive

麗茲收到艾博格公司邀請成為宣傳模特兒的提案之後，已經過去三個禮拜了。她反覆苦惱了許久，並在兩週前回覆對方：她需要考慮的時間。接著，她開始用各式各樣的藉口推遲回覆。後來，麗茲終於接到來自艾博格公司的遊說電話。「是的，沒錯」、「是，好的」、「我會仔細考慮」。「我會仔細考慮」這句話是真心實意的，麗茲花整個晚上的時間冥思苦想，並在第二天早晨發送了簡訊。

> 非常抱歉，我還沒做出決定。我想除了我之外，貴公司一定還有其他屬意的模特兒人選，所以還是請你們先往那邊進行吧。

負責人在收到簡訊後，立刻就撥了電話過來。對方用十分親切的語氣說道：「妳到底在猶豫什麼呀」、「只要不是太過分的事情，我都會幫妳解決的」、「如果妳是在考慮待遇方面的問題，我們會盡可能滿足妳的要求」、「麗茲小姐，妳是我們心目中最理想的模特兒」，他不斷重複同樣的說詞，想要誘使麗茲答應。對方最後說：「一天就好，請妳再認真考慮一天。」讓麗茲啞口無言。雖然她對這個提案有些不滿意，以致於無法欣然接受，但連她自己都無法具體說明理由是什麼。

每當麗茲在煩惱一些重要的事情時，總是會不自覺地想把決定權交給別人，這是她長久以來的壞習慣。她心想，負責人還不如直接告訴她：「好吧，我決定要去找其他模特兒了。」就算覺得很遺憾，心裡肯定也會比較好過。

但是，這次的情況卻不同以往。即便從麗茲本人的角度來看，如果艾博格公司只能選擇一個素人作為模特兒，自己也是最適合的人選。畢竟「新視界 107」的產品有數千種顏色選項，能像麗茲一樣適合它們的人並不多見。更何況，還有其他決定性的原因。在收到代言提案前的數年間，麗茲自發性地購買了艾博格公司的所有產品，並一一開箱、試用與評測，所以只有麗茲能夠勝任代言新產品的角色，也因如此……這才稱得上是真誠的代言。艾博格公司顯然期望產品宣傳效果能超出原本的預期。麗茲想起那篇讀了上百遍的電子郵件。

請問您聽說過「賽博格認同運動」嗎?這是一個在北美地區流行過一陣子的HASHTAG活動,但是很可惜沒有持續下去。我們想要藉此機會重啟這個活動,並向世人傳遞賽博格的正面價值,例如像麗茲小姐這樣的賽博格。賽博格的身體有獨具的美麗,透過肯定這份獨特的美麗,一定能夠改善社會上對賽博格的偏見。

麗茲的眼睛十分漂亮。雖然在事故中失去雙眼之前也是如此,但在裝了改造眼睛後變得更加楚楚動人。麗茲的雙瞳可以隨著照明光影的折射變化,轉換成不同的顏色,每個見到的人都會說:「我好像要沉溺在妳的雙眼之中了。」麗茲上傳的十分鐘短片,很快就吸引了艾博格公司的注意。此外,每當麗茲上傳生活紀錄的影片時,都會有成千上百則留言湧入。

「姊姊，妳好漂亮」、「比我的眼睛還要美呢」、「有些人可能會因為自己的改造眼睛而自卑，但是妳坦率的模樣振奮人心」、「跟一般人的眼睛比起來毫不遜色，甚至更好看」、「麗茲姊姊，加油！希望能夠一直看到妳開朗的笑容」。

看著這些夾雜著微妙同情與施捨態度的留言，麗茲心中便會浮起一種詭異的心情。當然，大多數的留言還是令她頗為滿意。好美麗、好漂亮、比普通人的眼睛更惹人憐愛……從比例上來說，這一類的反響更多。每當麗茲意識到擁有有機體眼球的人對自己產生憧憬之情，內心深處就會湧現一股不知名的微妙情感。這就是所謂的驕傲嗎？

「我本身並不美麗，而是因為擁有機械眼睛，所以美麗。」麗茲在直播節目中信誓旦旦說出口的話，在不知不覺中成為麗茲的代表性名言，而這大概也跟艾博格公司想向世人傳達的理念不謀而合吧？「所有的賽博格都是美麗的」，或許在麗茲第一次上傳影片，向大眾曝光自己的機械眼睛時，就是想要代替某些人來說出這句話罷了。

艾博格公司早期的眼睛模型並不像真正的眼睛，附著在眼球上的皮膚以及肌肉的動作因此顯得很僵硬不自然。人們對機械眼睛感到陌生，不是有句俗語說「眼睛是靈魂之窗」嗎？可能正是因為如此，人們普遍覺得替換了眼睛的賽博格，比置換其他部位——比如手或腳——的賽博格更接近機械。

麗茲剛開始經營她的影片頻道時，內心有種急迫感，好像如果她不這麼做，就沒辦法真正地喜歡上自己。因此麗茲研究怎樣讓機械眼睛上鏡好看，在修片與美肌上下足功夫，每當艾博格公司推出全新的眼睛模型，麗茲都會一個不漏地買下來試用。越努力越幸運，大眾開始逐漸了解到機械眼睛的美麗之處。最終，麗茲接到了領導賽博格市場的企業所提出的模特兒代言邀約。

但是，為什麼會有所顧慮呢？麗茲橫躺在床上，輕撫著自己的眼睛。即使直接觸碰到眼球，也不會感覺到絲毫疼痛，也因為是機械的緣故，不會有任何感染的風險。保養方面，只要每天用清洗液仔細地擦拭過一遍就好。在許多層面上，機械眼睛比人類的眼睛要來得方便許多。現在，也許人類不僅要肯定賽博格，更應該去讚揚賽博格。比起有機身體，機械身體難道不是更加美麗、更具效能、更為強大嗎？

然而麗茲十分清楚，事實並非如此。機械跟肉體無法真正和諧共處。經過數億年的進化，人的眼睛在被創造時，設計上或許有若干缺陷，但是能夠毫無障礙地與有機身體融為一體。反之，機械卻經常與肉體產生排斥。並不是因為有機體比機械更加優越，而是因為機械總是由未臻完善的技術所開發而成。被機械眼球壓迫的皮膚內側經常發炎，流出膿水。為了能夠完全適應新的眼球模型，她必須反覆經歷不下二十次的安裝過程，好不容易才感覺要適應臉上的眼球模型，新的眼球型號又上市了。

以艾博格為首的相關企業，都同時推出以美觀性為主的產品與重視實用性的產品。如果想要擁有兼顧外觀以及機能的高效能產品，那就必須付出高昂的費用。如果能以艾博格公司的模特兒活躍於市場，也許還能獲得麗茲到現在都還買不起的高價產品。但是，麗茲總覺得這個決定會把自己推向某個底線之外。

那天晚上，麗茲打開社群軟體的私訊視窗，重新閱讀起滿滿的訊息。「由於我收到太多私訊，沒辦法一個個私下回覆，但是每一則鼓勵的訊息我都有看到。非常感謝大家。」麗茲在自己的簡介上如此寫道。然而，比起鼓勵的話語，麗茲實際上收到的內容更多是敘述煩惱的訊息。「姊姊，如果我跟您使用同樣的眼球模型，也能夠變得那麼漂亮嗎？我擁有普通人的眼睛，但是我更想要機械的眼球。」

這些讚揚賽博格之美的話語，真的能夠讓賽博格變得幸福嗎？麗茲無法給出肯定的答案。

哈密瓜商人與小提琴演奏家[1]

那年暑假，我跟茱莉幾乎一直都住在奧基德街上。從大型家具行往對街的方向望去，展現在眼前的是胡同市集。即使遠道而來的旅人四處張望，將自己是外地人的身分昭告天下，或即使我們在攤販之間追趕跑跳，也無法引起旁人一絲一毫的側目，這個路口就是如此喧囂繁鬧。也許，這條街上的嘈雜與悠閒達成的絕妙平衡，足以使人們將注意力從我們身上轉移到他處。我神不知鬼不覺地將手推車傾斜，上頭裝著資材的箱子變得東倒西歪，商人們手忙腳亂地收拾攤車，茱莉則是避開那些商人的視線，順手牽羊了一些蘋果或是麵包之類的食物。我們倆捨棄散發冰箱怪味的罐頭料理，轉而以偷來的食物填飽肚子。每日深夜，母親帶著滿臉疲憊回到家後，看到冰箱中絲毫沒有減少的食物也不

1 原文注：本篇章靈感出自於攝影展〈LIFE, THE LAST PRINT〉中所展示阿爾弗雷德．艾森斯塔特（Alfred Eisenstaedt）之〈哈密瓜商人與小提琴演奏家〉（1938）。

感到訝異。我們有好幾次差點被攤販抓到，但多虧茱莉敏捷的身手——即使被發現手上握著柳橙，也能讓整件事看起來像某種巧合——讓我們數次從險境中脫身。

唯獨那次，我們被市場入口的哈密瓜商人逮住了。

那天，我們對一切都感到信心十足，甚至完全沒想過會被發現。過程就如同我們倆往常所做的那樣，所以，當我們以為哈密瓜商人的視線正轉向別處，茱莉悄悄拿起哈密瓜的瞬間，那哈密瓜商人就像是伺機已久，立刻緊緊握住茱莉的手腕。哈密瓜的體積過於龐大，無法一下子完全塞進茱莉的上衣裡面。就算想要含糊其辭，眼下的情況也難以裝傻，我們全身僵硬地愣在原地，慌張地眨著雙眼，不能動彈。現在應該要說些什麼？是不是要馬上逃跑？他要是向警察告發我們，到時該怎麼辦？

就在我們深陷苦惱之際，出人意料的事情發生了。哈密瓜商人一手握著茱莉的手腕，另一手使勁搶過哈密瓜後，便放開了茱莉。

就這樣而已。不知所措的茱莉轉頭與我交換了一個眼神，然而那哈密瓜商人顯然已經對我們失去興趣，他的視線轉回了自己的攤車上。於是，我們連忙匆匆離去。

翌日，哈密瓜商人仍然在那個路口賣哈密瓜，第二天、第三天也是。哈密瓜商人時不時就會把目光投向我們，甚至讓我產生連我們去其他攤子偷水果的行為，也被他一一看在眼中的感覺，但他並未對此有所置喙。我每天都能意識到他的視線，直到我發現一個怪異現象。他每天在攤子上堆滿的哈密瓜，竟然直到傍晚都沒有一絲減少的跡象，彷彿市集中沒有人注意到這個哈密瓜商人的攤子。有些商人上午還沒過完，便已經把商品全部售罄收工，而哈密瓜商人總是待到晚市結束為止。來市集採購的人，大多對攤車上的哈密瓜視而不見，有些人手上提著大量物品匆忙路過，無意間撞到攤車後嚇一跳，這才突然察覺到哈密瓜攤販的存在，驚恐地為摔落在地上的哈密瓜道歉，並買下那些落地的哈密瓜後迅速離去。

令人感到詭異的是，好像只有茱莉與我看得見哈密瓜商人。當我們小心翼翼地觀察哈密瓜商人的同時，也戰戰兢兢地不讓自己過於引人注目。然而，即便已經非常小心翼翼，卻總是有種哈密瓜商人正在監視我們的錯覺。

假期快結束的時候，茱莉與我再次踏上奧基德街，卻看到令人有些困惑的景象。在哈密瓜攤販旁，正佇立著一名陌生的男子。這名男子穿著跟哈密瓜商人一模一樣的服裝，正在演奏小提琴。那人一手按著琴弦，另一手則用琴弓悠然劃過琴身。我是第一次這麼近距離聽小提琴演奏。在喧囂的人潮中，小提琴拉出異常清晰又獨特的旋律，吸引了我的注意力。我向身邊瞥了一眼，看見茱莉也露出跟我相同的表情。

大部分進入市集路口的行人，都對哈密瓜商人及小提琴手毫無興趣。雖然有極少數人會稍稍用眼角偷看演奏者，或是從口袋裡掏出錢幣想要打賞，但在小提琴手的面前並未放置樂器收納箱或打賞箱，所以短暫地表現出好奇心的行人也只能在躊躇一陣後，繼續往市場深處走去。我非常好奇，為什麼哈密瓜商人沒有將小提琴手趕得遠遠的。那位小提琴手幾乎整個人擋住哈密瓜攤車，所以不要說是替哈密瓜買賣帶來人潮了，根本就是在妨礙做生意。然而，哈密瓜商人僅以神祕難測的表情點著頭，靜靜傾聽眼前的小提琴演奏會。

茱莉與我捨不得提前離開這場演奏會，於是不停徊徘在市集路口附近，側耳聆聽那演奏的樂聲。大部分的時間裡，小提琴手都站在原地演奏音樂，偶爾會坐在椅子上稍事休息。街道變得蕭條冷清，茱莉和我本來一直避免讓哈密瓜商人注意到自己，此時鼓起勇氣走近小提琴手。小提琴手將小提琴固定在下顎處，我們靠得非常近，看見他柔軟舞動的手臂，以及在空中劃出直線及曲線的琴弓。接著，當我們終於見到帽子下掩藏著的小提琴手容貌時……

「你們長得一模一樣！」

茱莉驚訝地喊出聲音。

哈密瓜商人及小提琴手同時將視線轉向我們倆。不只茱莉，我也對眼前的畫面感到驚愕不已。我腦中浮現想要從現場逃離的想法，腳步不自覺地往後退，但在下一個瞬間，我的好奇心忽然湧現：為什麼哈密瓜商人跟小提琴手長得一模一樣？小提琴手一邊將目光投向我們，一邊優雅地結束了曲子的演奏，樂聲停止後便逕自坐回輕便椅子上。無論是哈密瓜商人還是小提琴手，似乎都沒有把我們趕走的打算，所以我刻意忽略我們曾經偷過哈密瓜的事實，厚著臉皮開口問道：

「請問你們兩位是雙胞胎嗎？」

哈密瓜商人與小提琴手聽完我的提問，彼此交換了一個眼神後，露出捉摸不定的神祕微笑，並再次轉頭看向我們。他們兩人的動作整齊劃一，我彷彿正在觀賞一組面對面映射的鏡子，心中升起一股奇異的感受，我幾乎要相信這兩個人就是雙胞胎。倘若他們不是雙胞胎，五官長相、臉部肌肉的運作及表情不可能會如此相似。但是，哈密瓜商人的回答出乎意料。

「我們是雙胞胎嗎？哈哈，雖然看起來像這麼回事，但我們倆並不是雙胞胎。」

「那你們是長得很像的親兄弟嗎？」

這次，輪到小提琴手回答我了。

「不。雖然我們也覺得彼此就像手足一樣，實際上我們之間的關係比兄弟姊妹更加緊密。因為，我們彼此連結，同時也各自獨立。」

茱莉與我一頭霧水地朝對方看去。既不是雙胞胎也不是親兄弟，那麼這兩人究竟有什麼關係？沒有任何血緣關係的兩個人，為什麼臉長得這麼相像？

我們沒有繼續追問下去，而哈密瓜商人與小提琴手也沒有再開口多加解釋。哈密瓜商人繼續默默地銷售他的哈密瓜，而小提琴手則是再次從椅子上起身，演奏起優美的旋律。然而，還是沒有任何人對哈密瓜產生興趣，行人都徑直往商品更多的市集內部走去，為了聆聽小提琴演奏而停駐於此的人更是一個也沒有。

閒適的午後時光靜靜流逝，橙橘色調的日暮霞光灑落，市集逐漸變得冷清。

我們倆坐在那裡聽了一會兒的小提琴演奏，哈密瓜濃郁香甜的味道飄散在空中。此時，市集中的攤販開始接二連三地收拾攤子結束營業，直到佇足在路燈下纏綿許久、不願分離的戀人都散盡為止，被夜色填滿的街道上，只剩下家具行招牌的明亮燈光映照在哈密瓜攤車上。

茱莉與我起身，拂落衣服上沾黏的塵土。

「你們要回家了嗎？」

哈密瓜商人叫住了我們。

「你們倆今天什麼都沒吃吧？這個給你們。雖然處理起來不太方便，但只要從中切一半，再把籽剔掉就可以吃了。」

我們就這樣糊里糊塗地獲得一顆哈密瓜。

「很開心你們能夠把我們的演奏聽到最後。」

我低頭看向手中渾圓碩大的哈密瓜，就在我想開口道謝時，茱莉先一步開口說道：

「大叔，你剛才說的是『我們的演奏』對吧？可是明明就只有小提琴大叔一個人演奏而已啊！」

茱莉的一番話讓哈密瓜商人滿布皺紋的嘴角輕輕地揚起。

「那個人演奏小提琴，就等於我也演奏了小提琴哦。」

「為什麼？」

「我們倆既不是雙胞胎，也不是親兄弟，而是同一個人存在於不同世界的不同版本。」

這句話讓我跟茱莉面面相覷。

「別鬧了，怎麼可能有這種事？」

聞言，哈密瓜商人及小提琴手同時笑了起來，然而令人訝異的是，這兩人的笑容看上去一模一樣。

「我在這個世界賣哈密瓜，而那傢伙則在另外一個世界演奏小提琴。存在於某個世界裡的我們，全部都是同一個人，並擁有『毫無成就』的共通點。此外，我們經常在這條街道上偶遇，我也曾經在這裡碰到其他版本的我，但就我們倆相遇的次數最多。我們的相遇，就像是不經意闖進世界的縫隙中，那些不可避免的偶然。」

接著，換小提琴手開口。

「我們第一次認出彼此的時候只覺得很可笑。這個世界的我不過是個不受歡迎的小提琴手而已，而存在於其他世界的我，竟然也是個沒什麼生意頭腦的哈密瓜商人。」

「不過，我開始覺得這不是一件壞事，不管是每天早晨拉著攤車到市場做生意還是演奏小提琴，都是我喜歡的事情，我家裡還放著一把塵封已久的小提琴呢。我偶爾也會想像，如果我不是賣哈密瓜的商人，而是一個拉小提琴的樂手，那會是怎樣的情景呢？」

「是啊，我也會想像，如果我不是個一事無成的小提琴手，而是個賣東西的商人，現在會是什麼樣子。」

這兩個男人一邊如此說道，一邊用同樣的聲音笑了起來，他們看起來似乎非常開心。茉莉與我都露出不知所措的表情，目光在他倆身上來回打轉。我無法理解哈密瓜商人所說的「這不是一件壞事」。如果他們倆真的是同一個人，是一個在這個世界賣哈密瓜、另一個在其他世界拉小提琴的同一個人，那無論在哪個世界裡都沒什麼成就，應該是件悲哀的事情才對。但是，這兩個人的表情看起來真的很快樂。

哈密瓜商人停下笑聲，開口說道：

「來，兩位小朋友。你們快回家吧，現在已經很晚了。」

我們沿著要亮不亮的路燈，踏上回家的歸途，回程中茉莉與我都沒有開口說話。

那天晚上，我仰望雙層床的上鋪床板，陷入沉思中，茉莉就睡在上頭。暗夜裡，我彷彿能夠聽見不知從何處遠方傳來的小提琴樂音。我在凌晨時短暫地醒來，當我在深沉黑夜中翻身的同時，又再次聽到低緩而輕柔的小提琴樂聲，飛越靜謐的黑夜傳到我耳邊。

早晨來臨，我們倆顧不上嘮嘮叨叨的媽媽，也沒來得及換衣服就匆忙跑出家門。

「茉莉，妳也聽到了嗎？就是昨天晚上的那個聲音！那個大叔一整晚都在拉小提琴嗎？」

茱莉與我在哈密瓜商人每天都會拉著攤車做生意的路口等他，但是我們等了整整一上午，他都沒有出現。午後，我們抱著碰運氣的心情再次來到這裡，但別說是哈密瓜商人的身影，甚至連他曾經來過的痕跡都沒有。第二天、第三天也是如此。

後來，我們在市集中漫步閒晃，不再從攤販竊取蘋果和麵包之類的食物來吃，因為這一切都不再像以前那麼有趣。然而，其他商人反而開始瞇起雙眼，用懷疑的眼神提防我們。漸漸的，我們徘徊在奧基德街的時間越來越少，不過奇怪的是，我依舊能夠在那個街口聞到香甜的哈密瓜氣味。還有不知從何處乘著晚風傳來的小提琴樂聲，彷彿也在我耳邊繚繞。只是那個哈密瓜商人再也沒有回來過。

暑假結束後，我們沒辦法再去奧基德街。假期的最後一天，我們走在回家的路上，我開口說道：

「那個大叔一定是去其他的世界，然後在那裡賣哈密瓜了。」

聽罷，茱莉點頭同意，「沒錯，一定是這樣。」

黛西與奇怪的機器

黛西靠近我，然後開口說：

「您擁有的這台機器好奇怪啊。真的是台很怪異的機器。這台機器現在正在把我說出來的話轉換成文字，然後再讓您看到這些文字。如果您想要回覆我的話，這台機器就會再次將話語轉換成文字，然後讓我看見那些文字吧。可是一旦仔細看，這些轉錄的內容簡直錯誤百出。您看看這裡，漏掉了好多我剛才話裡面的單字，亂七八糟的，根本沒有好好運作啊！既然如此，為什麼您還要留著這台機器呢？反正這裡只有您跟我兩個人，我們也可以聽見彼此說話的聲音。所以我們只要發出聲音進行對話，這樣不就可以了嗎？」

我回答道：

「雖然我們看不見紅外線與紫外線，但是我們都知道這些東西是存在的。宇宙間充滿我們永遠無法直接觀測到的暗物質[2]及暗能量[3]，那些東西雖然存在於我們的感官之外，卻真實存在於宇宙中。現在，我們來看看這台機器上的文字，這些字從一開始就是文字嗎？在這台機器將聲音轉化為電子訊號，然後再將其轉換成光線，最終轉印成文字之前，我們無法讀懂那些訊號。然而，當我們看見經過轉換的光線、聽見經過轉換的聲音、感受經過轉換的感覺，我們才會真正意識到自己看到了什麼、聽見了什麼。假如這個世界上已經存在了這麼多需要被轉換以及轉換過後的東西，假如這台機器是為了人類極其狹隘的感官而存在的話，為什麼只有某些種類的轉換是不需要的呢？」

黛西又問道：

「可是，您跟我共享同一個現實，也就是現在這段時間，不是嗎？難道您現在聽不見我說的話嗎？您不是明明就看得見我寫下來的文字嗎？為什麼要讓這些機器阻隔我們現實中的對話呢？」

2 譯注：天文物理學中，指大量存在於宇宙中的物質，無法直接觀測到。
3 譯注：天文物理學中，指充斥宇宙之間的能量，與宇宙膨脹息息相關。

我如此回答：

「我們所處的現實真的是相同的嗎？在現在這個時間點的現實中建立的交流，才是真實的對話嗎？妳又如何能夠確定呢？有些人可以在星期三的時候聞到香草的味道，還有些人可以分辨一般人根本無法辨別的各種紅色。我們無法想像漫遊於大海中的鯨魚視角，也沒辦法猜測比我們的軀體還要龐大數千倍的動物身上寄生的壁蝨觀點。我們一輩子都無法完全連接到他人的現實脈絡，每個人都擁有屬於自己的現實脈絡。如果我們所有人各自擁有的現實脈絡都不盡相同，為什麼我們應該要覺得某些現實脈絡比較高等呢？」

黛西仔細地思考了一會兒，接著她又說道：

「嗯，沒錯，我好像有些懂了。此刻這裡存在著彼此不同的現實脈絡，而這正是您與我各自擁有的東西。現在藉由這台奇怪的機器，又會產生另一個全新的現實脈絡。每個經過這個地方的人，都能夠透過這台機器看到各自擁有的現實脈絡。因此，這台機器也不過是無數個現實脈絡的其中之一罷了。所以，這台機器也不能說有多奇怪了。」

我聽完點了點頭。

「我也開始喜歡上這台機器了。」

黛西一邊如此說著，一邊笑了。

行星語書店

行星語書店的人潮絡繹不絕，店員卻只有我一個人而已。不過，至今為止這件事並沒有演變成什麼大麻煩。因為那些臉上滿溢著好奇的行人，在進門環顧書架之後，就會臉色一暗，接著轉身離去。他們若是有同伴，彼此就會開始短暫交頭接耳、竊竊私語著：「這裡到底在賣什麼啊？」、「這裡真奇怪」之類的話。偶爾會有激進又無理的客人靠近櫃台，咄咄逼人地表達他的不滿：「喂，這種書到底要怎麼讀啊？」但是，對付這種客人的方法很簡單。我指著櫃檯後方牆上張貼的說明公告，像隻鸚鵡一樣複誦回答：

「您看到我後面那張公告了嗎？那是總公司的規定。」

由於那張公告是本店中唯一可翻譯的文字，於是抗議聲便暫時停止了。只要擺出「我什麼都不知道，所以不要問我」這種基層員工的表情，客人就會逕自咂舌離去。而所謂的總公司究竟是在銀河系的哪裡，甚至是否真實存在，連我也不知道，但這件事無論真假都無所謂。我只知道，連續十年都能不間斷地準時發放工資，行星語書店就是這樣一間書店。

行星語書店所販賣的商品，正是這個行星的特產，也就是以我們行星既有的語言撰寫且「無法被解析」的書籍。所謂「無法被解析」，是因為這間書店裡的所有書籍都是以一種微米[4]序列模組排列的文字印刷而成，而這種微米序列模組會妨礙前腦中翻譯程式的運行。無論你移植了多麼昂貴的前腦翻譯程式，倘若不直接學習我們的行星語，就絕對不可能閱讀得了這家行星語書店裡的書籍。

每次都會有人拋出疑問：「為什麼會出現這種書店呢？」這個問題的答案很明顯。即使在這個時代裡，所有人類的大腦中都安裝了支援數萬種銀河語言的泛宇宙翻譯程式，還是會有一群人想要漫步在充滿陌生外文的書店中，體驗異國文化的風情，那是一種徹底身為異邦人的體驗。置身於這種情境之下，任何話語都無法化為具體情報，更不可能被吸收內化，只能作為風景輕掠過身旁……

4 譯注：符號為 µm，一種長度單位，相當於一百萬分之一米（m）。

老實說，雖然我覺得這種說法只是胡說八道，不過這也是沒有辦法的事。在逐漸荒廢沒落的偏遠星球上，若想吸引更多的觀光客，能夠販售的東西除了這種異國體驗之外，還能有什麼呢？

得益於此，由於僅有極少數人能閱讀這間書店的書籍，才賦予了它們價值。這世界上肯定有那麼一群人，擁有他人難以理解的偏好與興趣，因此跨進書店的顧客中，總有一部分的人或感歎不已，或興致高昂，或半信半疑地買下書籍後才離去。多虧有這些顧客，讓書籍能夠保持一定程度的銷量，書店才得以維持營運。

但是，每當我想起那些售出的書籍內容將永遠成為祕密，便感到十分難過。在整個銀河系之中，懂得我們行星語的人也不過才數百人，而居住在此處以行星語作為母語的居民，對於這種以觀光客為目標客戶的書店絲毫不感興趣，所以這些書籍的讀者總有一天會消失殆盡。

我剛開始來這間書店工作的時候才二十歲，那時的我想讓在銀河系中旅行的旅人都來了解我們行星上的有趣故事。甚至曾經為此親自編寫「行星語教材」到處發送，如今我已了解到這只是一個徒勞無功的夢想。十年後的今天，旅行者買下了永遠都不會翻開來閱讀的書，那些書籍的命運便早已被決定了。一個陰雨綿綿的溼冷早晨，我被「這種書店就直接倒閉完蛋吧」的情緒籠罩。即使這種書店真的完蛋了，我也無所謂。

可是……萬一有恐怖份子盯上這間書店的話，那麼情況就另當別論了，我可不希望書店以這種方式停止營業。

所以說，從一個禮拜前就開始光顧書店的那位女士實在可疑。那是一位十分特殊的客人。她身材高䠷修長，身著套裝，臉上的太陽眼鏡反射著光線。那位女士與其他客人不同，沒有絲毫慌張的神色，整個午後都在書櫃之間來回穿梭，直到夜幕低垂時，才買了兩本書離去。隔日，以及隔日的隔日，那位女士都在同樣的時間出現在店裡。我每天都在觀察著她，她每次都會買個兩、三本書後才離開。但我卻感到疑惑，為什麼她要買那麼多本根本無法閱讀的書籍呢？

這週間的某個書店休息日，我猜想著那位女士今天是否又會出現。我就住在書店旁的兩層建築中，因此靠在窗邊觀察整條街道，隨後便看見那位女士站在書店緊閉的大門前，凝視著書店。她究竟想做什麼？

當天晚上，我看見一則讓人困惑不已的新聞。新聞中透露，有恐怖份子團體正在銀河系中遊蕩，進行各種駭人聽聞的恐怖行動。他們標榜自己是「前腦移植解放戰線」……而他們進行恐怖活動時的統一裝束，便是昂貴的套裝與完全遮掩面容的太陽眼鏡。我的天啊！那位女士不正是這種裝扮嗎？但是，恐怖份子為什麼會來到這種偏僻的行星上啊？新聞正持續播報著相關消息，據說那些恐怖份子會做出阻礙前腦的恐怖行動。妨礙前腦！「前腦」的價值不正是行星語書店的核心嗎？他們怎麼可以做出如此令人毛骨悚然的事情？難道這個女人想要利用這些書籍來進行妨礙前腦的恐怖行動嗎？

唯獨這件事，我必須阻止她。即使我已經對這裡所有的一切——異國體驗以及看不懂的書籍等——感到厭倦不已，我也依舊是少數能夠看懂這些書籍的讀者。只要我還活著，這些書籍就有它們的價值。如果要把這些書籍利用在妨礙前腦之類的恐怖行動上，我絕對不會坐視不管。

今天，那位女士又出現了。她如同往常一樣徘徊在書櫃之間，挑選完心儀的書籍後走到收銀台前。站在收銀台前的女士摘下太陽眼鏡，將其折起後收進口袋裡頭，她的長相比想像中還要來得和善。我開口問道：

「請問您需要幫忙嗎？」

女士沒有回答我的問題，而是把選中的書籍放在收銀台上。她的視線越過收銀台，停駐在我身後的牆上，這種態度實在令人起疑。起初，我擔心這位女士的口袋藏著手槍之類的武器，因此緊緊地盯著她，然而在她看向我身後的牆面時，我也不經意地隨著她的視線轉頭，看見後牆上掛著的招牌。

在總公司來更換新的招牌之前，舊招牌就這樣一直掛在原處，雖然已經十分老舊，但是尚且堪用。上面的文字是以行星語寫成，但由於是手工製作的板子，所以還是能夠利用翻譯程式來進行解析。

「不好意思。」

那位女士突然開口向我搭話，我嚇得差點暈倒。

只見對方笑著對我說：

「比起『行星語書店』，我覺得『亞斯特洛書店』[5]這個名字更好。」

「是啊，本來『亞斯特洛書店』才是我們的店名……」

我一邊被動地回應她的話，一邊觀察她的行動。

「可是總公司那邊要求我們統一招牌。」

女士說著「原來如此」，面上露出遺憾的神色。雖然這只是一個普通的反應，但我也絕不能掉以輕心。

「這本書多少錢呢？」

對方再次向我拋出問題，也許是故意如此，想讓我卸下心防。她一定是在經過好幾天的測試之後，特別選在今天進行真正的恐怖行動。

我緊張地回答道：

「這本書……」

5 譯注：原文為「Astro Books」，「行星語書店」為韓文意譯，「亞斯特洛書店」為韓文音譯。

就在我正要說些什麼時，忽然察覺到了一件事，並因此張大了嘴巴。女人再次問道：

「請問多少錢呢？」

我無法繼續回答她的問題，因為就在幾秒前我忽然發現一個驚人的事實，那就是這位女士說出來的話語，並不是平常那種通過翻譯程式發出來的聲音。這位女士打從一開始，就是使用行星語跟我對話。我腦袋一片混亂，開口問道：

「您會說這裡的語言嗎？」

女士點了點頭。

「沒錯。」

「那麼您能讀懂這本書囉？」

「當然。」

「您怎麼會行星語？」

「這個嘛，因為我學過呀……？」

對方回答的態度彷彿在嘲笑我的問題愚蠢，但我忍不住將更多的疑問一吐為快。

「為什麼啊？您瘋了嗎？」

「什麼？」

「為什麼偏偏學行星語呢？」

我衝動地脫口而出後，連忙捂著自己追根究柢的嘴。我們兩人之間流動著短暫的沉默，女士大概是覺得莫名其妙，因此只是眨了眨雙眼，並微微歪頭審視著我，我只能露出比她更加慌亂的表情。

接著，她大笑出聲。

這位女士其實是一名迎接安息年[6]後，在銀河系中遊歷宇宙的教授。教授知道我將她誤認成恐怖份子後便捧腹大笑，甚至還引起其他顧客的側目。教授表示自己是專門去學了行星語，聽她說比較長的句子，確實還是會有些不自然之處。我小心翼翼地詢問她是不是語言相關的學者，對方搖頭否認。

6 譯注：韓國大學的教育體制中，教書滿六年的教授能獲得一年的長假，稱為安息年或研究年。

「我是前腦翻譯程式的術後不適應者。幫我動手術的醫生說了什麼來著？他說偶爾也會出現我這種不幸的情況，還說『妳的腦部被翻譯程式干擾，所以語言系統的運作變得不受控制』。我的大腦與程式產生排斥，所以甚至不敢夢想去銀河系旅遊。其他人只要裝上翻譯程式，就可以到宇宙中的任何一顆星球上觀光遊玩，但我只能迷失在聽不懂也說不出口的語言之間，我真的很害怕。」

她有個連翻譯程式都無法入侵的大腦！我的心中只浮現這個想法。女士卻聳了聳肩。

「後來，我發現這裡有一間行星語書店。應該說，我竟然現在才知道。雖然我以後無法使用數萬種語言，但是連那些使用數萬種語言說話的人也無法閱讀的書籍，正等待著我。」

她訴說著這故事時，雙眼散發出熠熠光芒。這位女士在知道有這些無法用翻譯程式解析的書籍時，便暗自下定決心，總有一天要前往位於銀河系另一端的這顆星球，用那些安裝了翻譯程式的人都做不到的方式來閱讀這些書籍。

那位女士跟我說，她是利用銀河系網路上共享的行星語基礎教材來學習行星語。那個東西是我做的……我小聲地嘟囔，女士聽罷後忍俊不禁，並對我道謝。她的行星語程度沒有前腦翻譯程式所傳達的翻譯那麼完美流暢，但卻反而有種奇異的魅力。

「不過，我還是不知道『Keuseuseu』要怎麼發音。」女士如此抱怨，我示範母語者的發音給她聽，她發出「哇」的感歎聲。

她來自遙遠的銀河系某處，為了閱讀那些無法被其他人解讀的書籍，千里迢迢來到此地。對於這樣的她，我忽然感覺對方就像是我認識了超過十年的摯友，對於她遠道而來打從心底感到開心。在聆聽她的故事時，我就一直在猶豫著，最後終於沒忍住問出口。

「在您離開以前，要不要一起吃晚餐呢？」

女士面露笑容，說道：

「那就約今天晚上吧！」

當晚，我關上書店的門，佇立在書櫃前。我的心情十分雀躍，甚至想翩翩起舞。我們倆能夠成為好朋友嗎？即使沒辦法變成朋友，我也很高興能夠遇見她。

我從書架上挑選了幾本書，包含在這個星球上住了數十年的老奶奶撰寫的隨筆散文集、描繪出書店日夜風景的畫冊，以及講述前腦恐怖攻擊的懸疑小說。我撫去書籍上的灰塵，將書籍裝進紙袋中，繫上緞帶。這些書籍在經過漫無止盡的等待後，終於迎來第二位讀者。

願望收藏家

從很久以前，我就一直待在這個房間裡，而且我擁有很多種別稱。一開始找上門的人，稱我為「收藏家」。接著，不知從哪天開始，叫我「收割者」的人漸漸變多了。除了字面上的含義，這個稱呼似乎還隱含其他意義，但沒有人向我說明，好像理所當然地認為我必然了解其中的意義。然而在不久之前，一群初來乍到的人開始用奇怪的名字來稱呼我。

「您就是那個『象徵』嗎？」

象徵。我確實有一個這樣的名字。我點頭表示肯定，對方見狀便目不轉睛地端詳我好一陣子，上下掃視，來回打量，甚至靠近觀察我側面的樣子。這種視線讓我覺得不太舒服，於是我開始感到好奇，這種不悅的感覺，是不是這房間的設計者鑿刻在我身上的。投來無禮目光的那個人似乎忘記了，我也擁有人格的主體。他在粗略瀏覽過這個房間之後便逕自離去，但事情並沒有結束，因為在這之後，陸陸續續又出現很多跟他類似的人。

大約從兩個月前開始，來訪的人數突然開始急遽增加，與此同時跟著變多的東西，是那些說明指南中沒有列出的各種天馬行空的問題。以前，會到這裡來的人通常都擁有相似的頭銜或職業，比如就有人以「未來學研究人員」或是「數據科學家」來介紹自己。但是，最近沒什麼特殊身分卻到這裡來的人更多了，有的人是獨自前來，有的人則是帶著家屬或伴侶同行拜訪。但不管來人屬於哪一種，訪客總是絡繹不絕，喧鬧得像是觀光客一樣。

他們將放置在房間裡的每個箱子打開，以查看裡面的東西，伸出手指戳一戳內容物，讓裡面的東西凹陷，接著互相分享驚喜，比如「哇，我們還想像過這種東西啊」、「連這種東西都有耶」、「這簡直太誇張了」等諸如此類的對話。忽然間，他們一齊轉頭看向我，並開始詢問我的想法。「喂，你覺得怎樣啊？」一開始，他們在進入房間之前，明明都同意會避免與主體有不必要的互動交流，現在卻把這個規定全部拋諸腦後。究竟是什麼讓他們如此興奮不已？我只是這個空間裡隨機形成的虛擬人格，隨意與我互動可能會讓我的本質產生改變，他們都忘了這件事了嗎？

這個房間是一個收集願望資料的空間，聚集了過去人們展望二〇三〇年的願望碎片，人們對未來的期盼都有條不紊地存放在箱子裡。收集到的資料種類相當豐富，例如「二〇三〇年到來時要做什麼」等諸如此類大家會寫在社交媒體上的目標計畫，或是各種企業提出的二〇三〇年經營計畫，又或是從世界各地收集來的二〇三〇年消費、教育、技術趨勢分析……等等，各種千奇百怪的名目全部都包含在內。比起「願望」這個名義，這些事物大多被賦予「展望」之名。其中某些箱子裡堆積著在數十年前撰寫完成的未來預測報告書，一些自詡為「未來學研究人員」的人在進出這個房間時，大多都會以令人不悅的視線來看這些報告書。

特別的是，這裡有一個用來專門蒐集預言故事的書庫，還有一個較小的書庫，裝滿了以二〇三〇年為背景的小說、電影以及電視劇。此外，這裡也存放著一些遊戲機與電腦，裡面安裝了以二〇三〇年為背景的遊戲。這些故事中所描述的大部分世界，與其說是投射了對二〇三〇年的願望，更接近「絕對不願迎接的未來」。這些資料有時也會顯得不那麼實用，也會投射出非常遙遠的過去。房間角落裡有一個箱子，保管人們對二〇三〇年的科學想像構圖，大部分圖畫都是小孩子在學校裡的科學課程中所畫的，但也有一部分內容是從學校外面獲得的資料，主要都是一些新聞報導或雜誌插畫。插畫也有各種樣子，有人畫出人類在一個小方格中體驗二〇三〇年的一天，也有人將未來的技術細緻地描繪出來。

我沒有直接看過那些箱子裡的內容，但是我很清楚，就是那裡面的東西所形成的數據，使我誕生在這個世界上。因為我正是「象徵」，是反映了那些資料的人格主體。我平時會使用人類的外貌，但是我也擁有能夠不斷變化的外在形象，得以即時投影出人們對二〇三〇年的期待與展望。這個房間曾經被初始化，以至於從過去的舊資料到近期的新數據，全部都被重新設定與排列。我在設定初期的模樣十分可笑，不是穿著連未來人都不願意穿的緊身連體衣，就是在手臂活動都很困難的太空服裡掙扎不已。還有一次，我化身為未來人的模樣，雙眼暴突，頭部腫脹。我至今仍然記得，當時來拜訪這個房間的人，在看到未來人類的模樣時露出的驚恐表情。隨著數據設定漸臻完備，我逐漸回復到正常的外貌，現在幾乎可以長時間維持人類的樣子。然而，近來分分秒秒變化的狀況越來越嚴重，現在每天都會變化數十次，從小孩變成老人，從女性變成男性，每次變化都會出現不同的膚色與五官形貌。

於是，某天那個人來到這個房間。

「我是來帶你走的，從現在開始，這個房間的時間會固定在今天。」

我知道這個人是誰，早在見到他以前，我就已經知道了。他是這個房間的設計者，是創造我的人，也是下達指令要我一直待在這個地方的人，但是我們面對面對話卻是第一次。他的虛擬分身向我伸出了手。

「那我接下來要去哪裡？」

我詢問他，感到慌張不已，連聲音都在顫抖。粒子閃爍著光點向四處分散，接著又重新聚攏，形成我的手臂，隨後光點粒子又在瞬間破碎。

「你要站到人群面前。」

對方用溫和的聲音向我說道：

「人們正在等待著你的出現，他們都想看看真實的你。因為，現在正是二〇三〇年。」

我猜也是這樣。投影著過去願望的「象徵性未來」即將要變成現實。而拜訪這個房間的訪客越來越多，以及我的外型變化逐漸頻繁，也都是因為這個原因。

「如果是這樣，他們不會期待我的，因為我的作用已經消失了，不是嗎？」

「你為什麼會這麼想？」

「我不過就只是一個『象徵』罷了，一個從願望中誕生的象徵。真正的現實在那外面。」

「你並不是願望的集合體，願望只是在這個房間裡存在過。」

他直視著我的雙眼，如此說道：

「你不是所謂的願望，你向人們展現的是即將成為現實的未來。隨著二〇三〇年的到來，你代替了預言，那些在現實中兌現的事物構成了你。也就是讓人們看到自己與願望的距離、現實與期待之差距的『象徵』。因此，現在的你已經成為二〇三〇年本身了。」

如今，我才真正明白自己到底是什麼東西。我不是什麼飄渺虛無的願望。我就是現實，所以我的外型才會如此敏感多變。人們投射在我身上的想像，與他們實際創造出來的現實不同。我時而變成怪物，時而變成普通的小孩。時而變成引導眾人的領袖，時而變成被排擠的可憐蟲。願望的表面之下，被真正的現實填滿，而我無法承受這之間的差距。

「這種結果更恐怖吧？如果我就是二〇三〇年本身……那我的樣子也未免太讓人失望了。」

我吞吞吐吐地說：

「不會有任何人期待這種未來的，為什麼還想要將我公開呢？反正你們就算沒有象徵，還是會走向未來。」

「人類雖然即將迎來二〇三〇年，但目前依然沒有人知道那裡有什麼，所以我們才需要你。」

「我的形象簡直一團亂，我也不能確定自己到底是什麼。」

「我們都明白。」那個人如是說。

隨後，他安靜地等著我的答覆。看著我的視線好像有些哀傷，卻又相當溫柔。當初他在創造出我的時候，是否曾預料到我的樣貌呢？

「所以，現在我們該走了。大家即使都明白，還是在等著你。」

他再次向我伸出手。

經過短暫的猶豫後，我握住了那隻手，從高壇上走下來。

穿過承載著眾多願望的房間，我佇立在門前。

此刻，我的外貌正急速地變化，快到讓人無法判斷我究竟為何物。我先是變成了打呵欠的少女，接著又變成唱搖籃曲的老人；變成了搖尾乞憐的小狗，然後再變成牽著狗出門散步的主人。我從加害者的面貌，瞬間變成告發者的樣子。我在他面前破口大罵、口出惡言，然後又立刻低下頭，卑躬屈膝。我是一個用身體占據鐵路軌道的人，同時也是搖旗高喊、奮力抗爭的人。

在打開這扇門之前，我無法得知在人類眼中的自己會成為什麼樣子。能夠知曉我真正樣貌的人，既不是那些預言我的人，也不是那些展望我的人，而是實際上創造出我的人。然而唯一可以肯定的是，他們一路以來創造出來的東西，都會成為我的面貌。

停止哀切的情歌

這趟時間旅行的起因是抒情歌曲。事件的源頭來自委託人的請託。這個委託人的音樂喜好很小眾，聲稱自己是某個經典音樂類型的歌迷——但沒有人聽說過那個音樂種類；他對於只有韓國市場會週期性地流行抒情歌曲的現象感到好奇，因此才想委託進行分析。

時空管理人員林秀智雖然不甚滿意地抱怨著「怎麼什麼任務都接啊」，但在看到情報收集小組提供的「流行歌曲報告」時，仍不免感到驚訝。報告書中所寫的抒情歌曲流行年代，大約落在二〇〇〇年代前半，以及二〇二〇年代與二〇四〇年代。雖然時間間隔不見得都落在整數，但是大約每隔二十年，就會出現熱門音樂排行榜被哀傷情歌占據的現象。除此之外，人類還會表現出其他週期性的行為：喝醉酒懷念著前愛人，或是在大雨中祈禱分手的戀人能夠回心轉意。

歷史調查部將秀智派遣到過去的時空。長官對此並未多加說明，只是給出簡單的指示——前往二〇〇三年的高中，調查為何連當時的學生都沉浸在悲傷的情歌之中？為何這種現象會每隔約二十年反覆出現？

「我都二十歲了，竟然要我上兩次高中，真是過份啊。」

然而，秀智的抗議沒有用。她在一團混亂中轉學到地方高中，搖身一變成為首爾鐵公雞[7]。在教室的講台前，她開口自我介紹：「我是從首爾來的林秀智」，內心卻忍不住開始懷疑自己正在做的事情。

後來，她就這樣馬馬虎虎地虛度了兩個月的光陰。在這段時間裡，秀智不僅沒有調查出抒情歌曲流行現象的緣由，反而因為吃了太多的辣炒年糕，使得體重直線上升。秀智在課堂中睡覺，一到放學時間就直奔小吃店，接著順便再去一下電子遊樂場，然後再去網咖玩遊戲，隔天繼續去學校睡覺……這樣的日常生活周而復始。這種地方究竟會有什麼線索呢？二〇〇〇年代初期的高中生活既和平又混亂，可沒有多餘的閒情逸致，讓

---

7 譯注：韓國俗語，形容刻薄又吝嗇的首爾人。

高中生一邊喝酒一邊沉溺在悲歎離別的愛情歌曲中。

某天，朋友向秀智介紹了鄰近學校的同學，雖然其中也有女孩，但是男生的人數更多一些。朋友跟隔壁校的男同學之間，流動著高中生特有的青澀粉紅泡泡，但擁有成熟大人心智的秀智只把這一切視為小朋友的兒戲，並感到索然無味。在互相打過招呼後，眾人一窩蜂地向KTV直奔而去，KTV的老闆遞給他們一個有圓點花紋套子的麥克風，秀智在一旁靜靜看著小朋友一個一個輪流點歌。果不其然，不知從哪個時間點開始，大家開始唱起了抒情歌曲。在整個氣氛為之一變後，包廂中的氛圍便被哀痛之情浸染。不知道抒情歌曲得聽到何時……？秀智轉頭，跟一個正在打哈欠的女孩視線相對，她是隔壁學校的學生，名字好像是叫做賢姬來著？那女孩咧嘴笑了起來，張開雙唇用嘴型對她說：我們去外面透透氣吧！

「妳是不是從未來過來的啊？」

賢姬提出這個疑問的時候，秀智早已忘了自己的真實身分，還心想：這孩子是不是腦子不正常？

賢姬噗哧笑出聲。

「我一下就認出來了，總覺得從未來過來的人都有點那個，就是有一種特殊的氣質，跟個小老頭一樣。」

賢姬向秀智坦承，自己也是為了掌握抒情歌曲流行的原因，才穿越到二〇〇〇年代。賢姬原本所在的年代是二〇六二年，所以比起秀智出發的年份，大約要晚了二十年。

「妳的那個年代也在流行抒情歌曲嗎？」

「就是啊。」

二〇六〇年代，虛擬實境的網路晶片已經普及化。在虛擬實境中的所有區域，都開始流行將抒情歌曲作為背景音樂，於是有個委託人便提出委託，希望回到過去尋找這種流行現象的源頭及理由，所以才派人來這裡調查。

賢姬也沒能查出原因。無論是在哪個世代，將這種現象與趨勢聯繫在一起，似乎沒有太大的意義，因為無論是在二〇四〇年代還是二〇六〇年代，淒美哀傷的愛情都不是熱門題材，然而人類卻會去聽哀傷的情歌。來到這個時代，他們發現二〇〇〇年代的人也沒有為了愛情特別拚命。因此，秀智與賢姬得出一個結論：大概只是在某個時代中，流行以哀切的手法描寫愛情罷了。

ＫＴＶ。秀智認為，ＫＴＶ就是這種現象的重要原因。

「妳看那個男生，他唱的那首歌的歌詞內容是在講愛人的去世，但是他看起來也沒多悲傷啊！」

秀智瞥了眼在半透明窗戶裡的男孩子。據說他最近跟女朋友分手，因此才表現出一副鬱鬱寡歡的模樣，但他此刻似乎非常陶醉在自己的歌聲之中。仔細回想就會發現，有個女孩從剛才開始就一直在偷看那個男生，賢姬說道：

「沒錯，分手歌根本就被利用了。唱歌就像是一種孔雀的羽毛。他們想藉由唱歌來表現自己有魅力的一面，然後用來追求新的愛情吧？」

雖然秀智覺得沒有必要從這個角度來解讀這件事，但賢姬的這番話也許是正確的。她們兩人沒有重新回到包廂裡，而是在外頭思索著包廂裡的那個女孩在想些什麼。浪漫的愛情是時代的發明，並不是所有愛情都讓人感到悲涼，但在人類共享的回憶中，淒美的愛情大概是一塊必要的拼圖。

「不過……他唱得還真不賴。」

秀智與賢姬互相對視，點頭認同。

未被捕捉的風景

「理奇，怎麼辦？檔案還是打不開啊！」

「我的新婚照片好像出現問題了，請盡快幫我們確認。」

雖然信件內容以「親愛的理奇」作為開頭，實際上信中卻滿載著可怕的抱怨與抗議。當理奇從十個不同的客戶收到幾乎一模一樣的訊息時，他才察覺到似乎發生了什麼異常狀況。收到客戶的抱怨信並不稀奇，由於大部分的客戶對於傳統攝影的資料處理方式並不熟悉，因此才會產生各式各樣的問題。

本質上來說，傳統攝影是一種「已消失的技術」，因此在處理傳統攝影的照片時，必須依循複雜的操作手冊，用特定的方式來確認照片資料，並對這些照片進行加工處理，可說是一項細膩精巧的資訊處理技術。客戶通常是為了紀念結婚或是初次外星旅行等特殊事件，才會第一次接觸到傳統攝影，然後在打開照片檔案的過程中，經常出現問題或障礙。

然而，這次的情況卻有所不同。理奇從遠端連接到客戶的個人裝置，並按照程序熟練地開啟照片檔案後，畫面上卻立刻跳出錯誤訊息。

「檔案無法處理。」

即使使用強制開啟檔案的程式軟體，絕大部分的照片也都像是被凹折、撕裂、剪碎、燒壞一樣變得亂七八糟，根本無法辨識其內容。過去幾週內理奇收到的客戶抱怨中，前前後後竟然高達十組發生同樣的事情，著實讓人渾身起雞皮疙瘩。究竟該怎麼辦才好？這中間到底發生了什麼事？

「十分抱歉，我正在盡力尋找原因，還請耐心等候。」

理奇渾身冒著冷汗回覆客戶的抱怨信。理奇以前也曾經在工作的時候出包過，但是多數情況下都沒有演變成嚴重的問題，最後也都能順利解決。例如，傳送檔案給客戶的過程中發生錯誤，但幸好原始檔案仍完好無缺；或者，檔案雖然毀損了，但是可以透過修復程序來復原照片；此外，理奇也曾因為自己準備、提供的裝備出問題，而導致照片完全無法讀取，但那非常罕見，是他剛開始在外星旅行中替客戶進行傳統攝影的時期發生的事，他所犯的錯誤也都只是新手等級的失誤而已。

理奇幾乎徹夜未眠。他抓耳撓腮、絞盡腦汁，只為了分析損壞的照片。正如客戶所述，檔案破壞得十分嚴重，但這並不是在傳送照片或是修圖的過程中出現的錯誤，而是原始檔案本身就有問題。然而，並不是所有使用相同相機拍攝的照片都出現同樣的損壞狀況。理奇拍攝的三十組照片中，僅有十組客戶的照片發生這種問題。理奇記得很清楚，他曾經確認過這十組客戶的照片原始檔案後，才開始進行修圖，所以這些照片的儲存過程應該沒有問題。

無論如何，這個問題都必須盡快解決。客戶通常可以等個一兩天，接著只要向客戶表達歉意，等待時間就可以再延長為一週到十天左右。不過，超過上述的時間，客戶就不可能再繼續等下去了。要求退還拍攝費用是理所當然的事，甚至還有可能會被要求給予更多的金錢賠償。

傳統攝影對於一般的行星旅行者來說十分昂貴，即使理奇收取的拍攝費用並沒有比其他攝影師來得多，對於多數人來說金額仍相當高昂。如果想用傳統方式進行拍攝，攝影師就必須跟著一起到達現場，因此收取的費用中便包含了往返行星之間的龐大交通費，也就是所謂的「出差費」。大部分的行星旅行者會使用觀光區當地提供的公共攝影無人機，或是自行攜帶小型紀錄機器人，當然也有人會使用隱形眼鏡，或植入大腦的簡易視角紀錄功能來記錄旅行過程。不過，市場對於傳統攝影的需求依舊源源不絕。即使攝影ＡＩ已經有所發展，對於旅行者來說，要讓「誰」來幫自己拍攝照片，要在照片中捕捉到多麼自然的瞬間，這些都是很重要的問題。因此，也多虧了這些旅行者，理奇才得以維持生計。

所有的行星旅行者都對理奇說了相似的話：

「啊，其實我們也是第一次拍這樣的照片，不過畢竟是紀念新婚，所以我們考慮了很久之後，才下定決心提出申請。」

重點就在這個「下定決心」上。

理奇喜歡遊走在宇宙各處，替人們拍攝具有特別意義的照片，並以此為業。但這同時讓他倍感壓力，因為這也代表他必須為這些特別的瞬間負起責任。在一個任何人都可以使用無人機、以毫微秒[8]為單位記錄自己樣貌的時代，這種責任感多少有些不合時宜，但是傳統攝影的浪漫就是建立在那種危險的層面上。

經過通宵的分析，理奇終於研究出這些損毀照片的共通點，那就是收到這些損毀照片的客戶，當初拍攝的路線行程中都包含了行星「米里奧－846N」。米里奧－846N是擁有與舊時代的地球相似自然景觀的行星，至今幾乎尚未被開發，並且位居僻地，因此鮮少有旅行者前往這顆星球。不過，理奇在最近幾個月說服了不少客戶，大多數人都願意在旅途行程中加入米里奧－846N，因為那顆星球上會出現相當罕見的自然現象，十分震懾人心。

在自由攝影師聚會上，理奇本想針對照片損毀的問題，向同樣專門在行星旅行中從事傳統攝影的同好尋求意見，但是會到米里奧－846N這種偏僻行星上攝影的攝影師實

8 譯注：為時間度量單位，等於十億分之一秒。

在少之又少。後來，即使理奇發表了奇長無比的諮詢文章，得到的也只是回覆欄中的諸多指責，比如：「一定是你中間做錯什麼了，再回去重看操作手冊吧。」理奇發出歎息，在關掉全像投影螢幕的瞬間，好友阿善傳來了下面這樣的訊息：

「會不會是因為那個星球上的環境，才導致相機壞掉？」

這種事有可能發生嗎？他的相機可是經歷過數千次在蟲洞裡兜風，也能夠正常運作的老式相機。為了買下這台相機，他不知道花了多少錢……不過，這是一個很有說服力的理由，畢竟宇宙十分遼闊，任何事情都有可能發生。

理奇取消了接下來十天裡所有的預定行程，比如醫院預約及聚餐約會，然後搭上了前往米里奧－846N的宇宙飛船。已經見面超過十次的櫃檯服務人員似乎也能認得出理奇。在他替理奇辦理以觀光為目的的出入境許可證時，理奇小心翼翼地開口問道：

「這問題可能很奇怪，但我想請問這裡是不是沒辦法拍照？或是即使拍了照片，那些照片檔案也會損毀？」

櫃檯服務人員滿臉驚訝地盯著理奇，理奇還以為自己問了什麼愚蠢的問題，正打算立刻逃離現場直奔飯店時，櫃檯服務人員猛然抓住理奇的手。

「原來是你啊！你是那個攝影師！聽說你會來這裡拍婚紗照。」

「啊，是的，就是我。」

「我們這裡研究所的人說，如果發現你來了，就要把你帶到他們那裡。」

「什麼？為什麼？」

「因為我們剛好也正在為這個問題焦頭爛額啊！」

行星環境研究所裡的人讓理奇坐在椅子上，像是在審問犯人一樣追問各式各樣的問題。隨後又將理奇帶到莫諾峽谷，此處正是理奇幫許多客戶拍照的景點，也是米里奧－846N上唯一允許進行觀光活動的地區。

檸檬色的霧氣繚繞於峽谷周圍，景色美麗異常。空氣中的霧氣微粒顆顆分明，每一粒都閃爍著光芒，天穹上的兩輪太陽西斜下墜，隨著時間變化映射出絢麗多彩的光束。懸浮在空中的金屬微生物會與大氣中的硫化氫發生反應，持續將近三個月的時間，這就是在米里奧－846N上也極為罕見的星霧現象。少數聞訊而來的行星旅行者倚在峭壁邊緣的欄杆上，凝視著光點閃爍的風景讚歎不已，也能看見有人使用無人機來攝影或拍照。但是這些影像資料在經過一定的時間後，就會面臨全部毀損的命運。

「也就是說，那星霧中的懸浮微粒本身具有的樣態會讓數據產生錯誤，對吧？甚至會像病毒一樣擴散，讓其他檔案也被損壞。」

「沒錯，所有使用銀河標準視覺數據格式來儲存的資料，在遇到星霧的樣態時都會被破壞。如果只是錄音，那倒是沒有問題。但是，只要是以視覺化的方式記錄，就絕對沒辦法捕捉到任何影像，因為我們現在使用的記錄方式，都已經統一標準化了。我們還以為你找到了什麼特別的攝影方式，原來不是這麼回事啊。」

「太神奇了，竟然還有這種事？」

理奇直愣愣地注視著眼前的風景，美得不可方物，卻無法用任何方法保留下來。

理奇為了用照片保留行星米里奧－846N的樣貌，幾天下來嘗試了各種方法。此時，其他專門從事傳統攝影的攝影師也開始對這些特殊景觀表現出興趣，眾人都紛紛提出避免那種特定錯誤現象的意見。對理奇來說，這也是攸關他身為職業攝影師自尊心的問題，因此他不眠不休地調整設定、置換裝備，冥思苦想著記錄星霧的方法。不僅是將那片閃爍霧氣完整保留下來的方法，他想連復原那些損壞照片的方法都找出來。倘若實在找不到方法，他打算前往位於銀河系盡頭的古董店，尋找數十世紀之前的末代底片相機，將它空運回來，用來拍攝星霧。

然而，米里奧－846N上的行星環境研究所中，生態保育的負責人似乎已經到達耐心的臨界點。

「不能再讓你繼續胡鬧下去。都是因為你說要在這裡攝影，到處上竄下跳、擅自行動，本來受到完善保護的環境已經開始變得不穩定了，連警報都響個不停。如果你非得要在這個地方拍照，請等星霧完全消散的一個月之後再說。」

「等到那個時候，不就任何人都沒辦法再紀錄那片星霧了嗎？」

「正是如此。」

「這是一種對美學的浪費啊！」

「理奇，你已經兩次違反這裡的規定，只是我們之前對你的行為睜一隻眼閉一隻眼罷了。一般來說，只要有人違反一次觀光客規範，即使只是讓一顆小石頭移位，也會被永久禁止出入本行星，這樣你懂了嗎？」

此時此刻，理奇才知道在這顆星球上，存在著比「記錄」這件事更重要的「規則」，他感到幾分羞愧以及巨大的遺憾。誠然，保護宇宙中獨一無二的行星個別生態非常重要，但面對這麼美麗的畫面，他除了等待之外竟然什麼都不能做。只要星霧一消失，以後就不可能再現同樣的景致。星霧這個現象本身就相當罕見，若要等待下一次星霧的出現，甚至必須花上數十年。

「這也是沒辦法的事，不能保存的景象也不是只有這個地方而已。」

這是阿善發來的訊息。這話說得也沒錯，理奇長期往返於宇宙之間，這種事情並不是第一次遇到。雖然他的工作就是盡可能地記錄轉瞬即逝的美麗，但有些剎那就只能留在親眼見過的人心中。

在得出「沒辦法」的結論之後，理奇終於能夠稍微心安理得地欣賞米里奧－846N

的風光。觀光客必須遵守的規則相當嚴苛，就連一顆小石子都不能隨意觸碰，而這裡的觀光紀念品也格外昂貴，因為這類觀光收入將全部成為研究基金……即使如此，理奇還是從必須將眼前美景記錄下來的責任感中解放出來，在這顆星球上盡情觀光，這可是許久沒有過的事。

阿善又傳了一則訊息：

「不過，因為你寫的文章造成了話題，所以開始有很多人都想去那裡。現在該怎麼辦？」

每天都有觀光客抵達米里奧－846N，雖然每天都會將入境人數嚴格限制在數十名左右，但是所有人都想用自己的雙眼見證既不能攝影、也不能記錄的星霧現象，後續問題亦如雨後春筍般一一出現。現在，行星環境研究所的職員只要在員工餐廳裡遇到理奇，就會投以埋怨的眼神。

不是啊！當初是誰要他幫忙，還一直挽留他的？

理奇沒有放棄思考該如何拍下星霧，但是他現在該回到自己的本業中，在明後天啟程前往其他星球。再過幾個星期，檸檬黃的星霧也會完全消失殆盡，最終只留在此刻待在這星球上的人們記憶裡。在這之前，如果無法用照片將畫面保留下來，至少也要盡力將那道風景停留在雙眼中。

理奇提著相機出門散步的途中，看見在靜僻小徑另一頭的觀景台上，有許多人聚集在一起，四周卻寂靜無聲，彷彿這個畫面本身就是一張照片。走近一看，有名老人正架起畫架在畫圖，而齊聚在觀景台的人靜悄悄地偷看著畫作。興許是不願妨礙老人作畫，眾人皆與老人保持著一些距離。過了一段時間後，出現了某個小孩拿出筆記本的聲音，又或是某個女子拿著個人終端設備，喀噠喀噠地輸入著什麼的聲音。

其他行星旅行者依舊維持著手插在口袋中的姿勢，沒有人上前阻止正在記錄風景的人。所有人不約而同地屏息凝神，只聽得見風聲、鉛筆摩擦聲以及窸窣作響的聲音。眼前的星霧散去又重新聚攏，光影的變化深深映入眼簾。在這樣的氣氛下，風在不知不覺中完全歇止，寂靜中只有書寫什麼的沙沙聲，或是作畫的聲響。理奇沉默地聆聽這些聲音，見證了無法被鏡頭捕捉的瞬間，在未來必然會消失的那一刻。

另一種生活方式

沼澤少年

穿過森林後是他們的領地，這邊的沼澤則是我們的地盤。在混濁的水面下方，漂浮的藻類及腐爛草叢之間，我們將絲帶一般的細長觸腳伸展到潮濕的泥土下，以便感受這片沼澤的動靜。透過土地傳來的聲音、震動與蔓延在空氣中的味道，構成我們的感官世界。我們在積聚的液體下，吞食成千上萬的生物屍體，將死亡轉化為生命，將生命轉化為死亡。

少年來到沼澤的這一天，我們也剛好在分解一隻死亡的鱷魚腐屍。我們緊緊纏繞依附在鱷魚身上，正忙著分解、消化的時候，從森林的另一邊傳來陌生的震動。對我們而言，沼澤是豐富的世界，同時也是過於熟悉的世界，所以我們其實渴望著嶄新的刺激、嶄新的分子與嶄新的味道。正當那個沿著林間小路走來的腳步聲，伴隨著啪嗒啪嗒的聲響接近時，環繞在部分鱷魚尾巴上的我們低聲私語道：

你們看，是人類。一個小孩。

你說是小孩？

跟歐文一樣的人類，不過是個體型比他還要小的人類。

我們感受到少年的腳步聲，陳舊衣服上飄散的惡臭，以及從蹣跚前行的動作中散發出的心灰意冷。伸進泥土中的無數菌絲宛如亢奮不已的螞蟻軍團，觸碰少年破舊的鞋子，但少年像是感覺不到任何事物，向著沼澤走來。少年停在沼澤的前方，隨即像根爛掉的蘆葦般癱倒在地，少年倒下的位置正好在平坦的岩石上。我們之中的一部分高興得渾身顫抖，然後又有誰開口道：

我們立刻吃掉這孩子吧。

接下來，興奮的聲音如同浪潮一樣連綿不絕。

好啊，把那個孩子吃掉，直接生吞活剝大啖一場。把他拉到下面來吧，這孩子正是那嶄新的分子、嶄新的味道！他一定可以帶給我們全新的刺激！

毫無疑問，這個男孩正邁向死亡，被撕扯得破爛的衣服空隙之間，皮膚上的傷痕及瘀青顯露無遺。只有幾乎消停的呼吸聲，微弱地從雙唇之間洩漏出來。這是一個需要腐敗的死亡，一個即將被分解的死亡，我們所渴望的東西就在面前。我們渡過了水池，其中的一部分則是越過泥地與石頭表面，接觸到男孩的皮膚。我們之中那些觸摸到男孩的，發出了失望的聲音。

他還活著，現在還有呼吸，我們還不能夠吃他。

雖然遺憾的情緒在我們的連接網中散播傳開，但是大部分的我們很快就重新冷靜下來。對我們來說，部分的死亡並不意味著整體的死亡，但是這個男孩不同，對這種具有強烈個體性的生物而言，只要身體有部分損傷，就很容易迎來死亡。男孩身上的傷口不淺，即使想要復原也為時已晚。他一整天都躺倒在石頭上，待天一亮，便呻吟著爬起來，從破舊的背包中拿出餅乾，狼吞虎嚥地吃了起來，然後從周圍淤積的水窪中撈起水來喝，喝完後開始乾嘔不停。男孩接著又重新陷入昏睡，直到太陽升起為止都沒有醒來，見狀，我們又開始興高采烈地鬧成一團。

只要再過個幾天，這片沼澤就會有新的分子了。

*

我們一直在等待著男孩落入水中，成為我們的一部分。

歐文團塊告訴我們，那名男孩可能是從森林另一端逃出來的複製人。在人類的隔離都市中，他們製造出複製人來替換即將死去的人類軀體。有時候，部分複製人就會像這樣，傷痕累累地逃出人類的城市。這些我們目前已知的人類知識，大部分都是幾個月前被我們吞食的生物學家歐文告訴我們的。歐文違反了人類的嚴苛規範，其他人類將他丟到這片沼澤中作為「處分」。然而，他本身擁有的意志相當強悍，頑固地拒絕成為我們菌絲連接網的一份子，那些沒有被完全分解消化的部分與菌絲互相連結，形成了一個團塊，構成他意志的神經細胞黏著在菌絲上，最終變成了奇妙的「神經元—菌絲複合體」。所以，我們將那個曾經是人類，後來沒有被充分消化的菌絲與神經細胞團塊稱作歐文。

那個小子馬上就要死了，人類在這種地方不可能活得下去。

歐文團塊信誓旦旦地保證，而我們對於這番話給予熱烈的響應與贊同，宛如大鐘被敲響後的回聲。男孩雖然依循著求生本能，從被殺害的命運中逃脫出來，但是他在這裡又遇見了另外的死亡，這是只有以個體為中心的生物才會經歷到的矛盾。不過，男孩很快就會知曉，他會擁有其他活下去的方式，而這個方式將充滿豐富的感官享受。

男孩的生命火光彷彿隨時要熄滅一樣，氣息奄奄地勉強維持著。我們向男孩伸長了觸腳，菌絲互相凝聚纏繞，與男孩的神經系統開啟對話。

到沼澤裡來。

這裡面非常安全。

*

起初，男孩完全沒有答覆，不過當我們透過男孩的神經系統向他說話時，可以看見他緊皺眉頭，或是把纏在他腿上的菌絲撥開，可見他確實知道我們的存在。但即使如此，我們傳遞的訊息依舊如同石沉大海，歐文團塊推測，也許是男孩本來就不會說話。一整天，男孩都倚靠在石頭上呻吟不止，他那化膿潰爛的傷口絲毫沒有好轉的可能。男孩喝熱帶植物寬大葉片上儲積的水，用雙手挖取罐頭裡的吃食，可是這些行為中看不見活力生機，男孩似乎只是在等待即將來臨的死亡。

我們不斷與男孩對話，整片沼澤都布滿我們的菌絲體形成的網絡，因此這個地方便是我們向男孩單向洗腦的通道。快進到沼澤裡來。這裡既舒適又寧靜。我們都很歡迎你。我們所提出的建議，全部都是事實。

直到某日，男孩終於踉踉蹌蹌地從原地站起身。

我們直覺地感受到某種變化已經形成。

男孩徐緩地步向沼澤，在沼澤前將已經磨破的鞋子脫下，然後將光裸的雙足一點一點地浸泡在沼澤中。男孩的身上散發出萬念俱灰的味道，他凝視著沼澤的表面。歐文曾經告訴我們，人類無法看清我們的形體，在人類的視野中，我們就像是朦朧的細絲，如浮游生物或是蜘蛛網般充滿整個沼澤。然而，男孩卻彷彿正在注視著我們，或者說是在注視著他腦中所認知到的事物。

一部分的我們開口跟男孩說話：

快進來，這裡有你想要的平靜。

男孩向沼澤深處前進，不斷地前進。沼澤中的水被攪動得更加混濁不清，我們不疾不徐地纏繞著男孩的身體，直到男孩的大腿也被水淹沒為止。我們安靜等待，我們屏息凝神，小心翼翼地將菌絲伸長，盡量不去刺激到男孩。

此時，男孩發出細微的呻吟。

「啊……」

男孩停下腳步，好像有什麼事情發生了。一條水蛇將我們撥開，匆促地扭動著身體游走，翻攪池底的泥沙，使汙濁不清的沼澤更加難以見底。

「……好痛。」

男孩低聲嘟囔，這是我們第一次聽到男孩說話的聲音。剛才那條水蛇肯定咬了這男孩。

我們之中的一部分沒有放棄，持續跟少年對話。快過來這裡。到沼澤裡，再進來裡面一點啊。這裡沒有會讓你疼痛的事，也沒有會讓你覺得辛苦的事。

「水好冰……」

男孩再次喃喃出聲。我們一邊等待男孩進入水中，一邊持續跟男孩對話：快點到這個沒有痛苦的地方來。然而男孩卻停在原地，他不再挪動自己的腳步。被蛇咬到，以及沼澤池水冰冷這兩件事，彷彿提醒了他什麼一樣。

然後，在下一個瞬間，奇怪的事情出現了。

男孩不再繼續往沼澤的更深處前進，而是彎下身軀，將雙手的手掌包成半圓狀，捧起沼澤中的污濁泥水與漂浮在水中的異物，還有與之糾纏的我們。

接下來，他捧著水……送進自己的口中。男孩將我們喝入腹中，咕嚕咕嚕，男孩將我們吞吃殆盡。

我們嚇得四處逃竄，慌不擇路而互相碰撞。

被吃掉了！

我們被吃掉了！

我們被吞下去了！

池水呼嚕呼嚕地落入男孩的口中，我們之中的一部分、泥土與昆蟲的屍體、乾枯腐朽的植物殘骸，全部都一起掉進去。

「我要活下去。」

男孩對我們說道：

「我不會被你們吃掉。」

*

男孩、歐文……他們，有什麼東西不一樣，跟「我們」不一樣。他們與只要能夠感受整片沼澤便滿足不已的我們，是完全不同的生物。他們被禁錮在單獨個體中，因此對這單一的個體來說，只能感知到極其狹隘的世界。但即使如此，他們仍然滿足於自己的個體性，這是一件十分怪異的事情。

對男孩而言，被我們吞食及自身的死亡，是相同的事，但我們並不同意這種觀點。成為我們的一部分，等於擁有另一種全新的人生。我們是自由的。我們一直存在著。

然而，我們此時此刻才發現，他們的思考方式完全不同。

我們向歐文團塊提出問題：你現在是不是覺得很不幸？

我並不覺得不幸，至少現在不這麼覺得。不過，與你們結合對我來說只是次要的策略。

順著菌絲體連接網，歐文團塊的想法向我們流動過來，然後被我們讀取。

「單獨的個體性」，在我還是人類的時候，讓我感到極度痛苦與不幸。但它也是讓我能夠活下去的原因。具備單一的特性，與同時作為全體中的一部分，這兩件事並不矛盾，否則，也許打從一開始就沒有所謂「全體」了。

雖然我們沒辦法理解歐文的主張，但是沒有被完全分解、消化，進而存活下來的歐文團塊，其本身就是這個問題的線索。男孩現在也是沼澤的一份子，如果沒有這片沼澤，如果沒有這片為他提供水源與營養的沼澤，那男孩連一天都活不下去。儘管如此，男孩仍然不願意成為我們的一部分。他們天生就擁抱這種矛盾。

*

我們在男孩身邊徘徊，觀察他的行為。被男孩吞下肚的一部分我們，通過男孩的消化器官再次回到沼澤中。可是，還是有部分已經被完全消化，最終分解成單體[9]物質。回歸到沼澤中的一部分我們，對於被男孩吞吃入腹的事實感到羞愧懊悔，但另一方面，又對在男孩的內臟中獲得的全新感受雀躍不已。因為我們這才發現，當男孩吞噬我們時，不僅僅是我們，就連生存在沼澤中的無數微生物、線蟲與各種細菌，全都遊歷過男孩的內臟器官。我們全都滿懷期待，男孩也許會因此受到感染而死去。男孩不可能撐得了多

9 譯注：指一種簡單分子，可單獨存在，或與其他分子結合成聚合體。

久，倘若事情發展如同我們的期待，那我們便會欣然地把男孩吃掉。我們很歡迎沼澤獲得新的分子。

不過，那種事情並沒有那麼輕易實現。

男孩只是病了一會兒就康復了。平時，男孩對我們視若無物，偶爾才會露出像是威脅一般的表情，對沼澤的水面怒目而視。在我們之中，還是有一部分依舊不厭其煩地誘惑男孩，那時男孩會表現出怒氣沖沖的模樣，捧起沼澤中的我們，將我們一口氣喝下肚。我們發出慘叫，東逃西竄，但是隨著時間的流逝，我們又再次聚攏，繼續觀察男孩的一舉一動。歐文團塊見狀，只是在一旁竊笑不已。

棲息在沼澤附近的其他生物也成為男孩的糧食及水分來源，它們自男孩的身體中排出後，又重新回流到沼澤之中，並分解成我們的一份子。經過時間的推移，我們與男孩之間以這種方式交換的分子越來越多。沼澤的物質逐漸充滿少年的身體，而我們的菌絲體連接網中，也會同時迎來少年體內的物質。

我們開始思考連接網的生長，思考不同的構成方式。

我們感覺得到，我們比以前更加接近男孩。在彼此之間互相流動、交換的物質日漸增加，男孩也自然而然地被編入我們鬆散的連接網中。包括男孩所攝取的食物及水分、呼吸的空氣，以及先後構成男孩與沼澤的所有分子。我們共享著所有物質。

只要停留在這片沼澤，男孩體內總有一天會充滿與我們相同的分子，最終變成與我們相似的生物。即便這具身體與我們的菌絲體稍微有些不一樣，但是他將成為我們的一份子。

我們中的一部分仍然緊黏在男孩的手臂與腿上，持續對他竊竊私語。快點進來沼澤中。跟我們待在一起。一起待在這個沒有痛苦也沒有不幸的地方。不過，我們之中的其他部分卻非常清楚，男孩不會再因為這些話而動搖。

男孩時不時會走向沼澤，沉默地端詳我們。每當男孩觀察著浮游在沼澤水面的我們，我們就會產生想法被看穿的錯覺。

原來你們在那裡啊。

男孩彷彿在對我們說著。

＊

一群陌生的物體——據歐文所言，那東西叫無人機——從森林的另外一頭飛來，接著開始轟炸這片森林，沼澤的生物紛紛向外奔逃，砲彈的殘骸墜入沼澤底下。我們四處逃竄，連接網被撕裂，而我們只能發出悲鳴。歐文團塊高聲吶喊，主張現在應該要先呼叫男孩。此時，男孩正瑟縮在岩石旁顫抖不已。如果一直待在那邊，很快就會被對方發現，但是男孩似乎完全被恐懼支配，不知道自己應該做些什麼。待在男孩身邊的一部分我們，纏繞在男孩的手臂與腿上與他對話：不能留在這裡、快去那棵倒下的樹後面、把泥土抹在自己的皮膚上、利用雜草叢把自己遮起來。無人機用雷射光線不斷掃射樹木與草叢，鳥兒從四面八方往上飛竄，沼澤也在瞬間變得滿目瘡痍，男孩依照我們的指示開始動作。無人機持續朝著沼澤投擲著什麼東西，那些東西破壞了我們的一部分，菌絲體連接網也遭到損毀。但是，它們完全沒有發現將身體塗滿泥土、躲在雜草堆後面、身上緊緊環繞著菌絲的男孩，其中一架無人機只是拿走男孩的破爛衣服便離開了。太陽西下、月亮升起、太陽再次沉下，日復一日，反覆交替，這段時間裡，沒有其他無人機再次來襲。

男孩尚未從衝擊中回神，連身上的淤泥都還沒洗淨，就那樣恍惚地坐在原地望向虛空。

它們是為了找那小子才來的嗎？

我們之中的一部分詢問歐文。歐文以懷疑的口吻回道：

確實有這種可能，但應該不僅如此。在我還是人類時，就對這片沼澤相當有興趣哦，對於填滿這片沼澤的你們也是。

不對，會對我們感興趣的人類只有你一個人而已。

我們之中的一部分對歐文如此說道，歐文聽完只是微笑。

襲擊事件之後，沼澤的每一處都被毀壞殆盡，尤其是我們的菌絲體連接網失去非常龐大的一部分，但不管是沼澤還是我們，都開始著手進行復原的工作。儲存在沼澤深處的養分派上用場，將斷裂的連接網重新串連起來。由於這次襲擊只攻擊到表層，所以延伸到泥沙與土壤之下的連接網才得以安然無恙。除了忙著進行修復作業，我們還得復原被破壞的感官系統。在這片濕地的其他生物也會幫忙受傷的新生小動物，讓牠們有地方可休息，並能夠重新築巢，植物則以燒成灰燼的物質為養份，讓新的種子得以發芽長大。

忙得不可開交的，可不止我們與這片沼澤。

隨著時間的流逝，男孩漸漸從襲擊的衝擊中恢復，開始著手製作著什麼東西。他拾起被擊倒的樹木，收集起來存放在某處，把石頭與樹枝捆綁在一起做成工具，接著將樹枝末端鑿洞，並用雜草與蘆葦將它們牢牢地綑緊。有時候，男孩會遠眺著森林的另一端，雖然並沒有通往那裡的道路，但是那邊確實存在著其他區域。

我們認為，這是男孩第一次為了保護自己而開始動手製作東西。然而，看著那些東西逐漸完成，我們才明白那些是什麼。歐文說道：

看來他打算離開這裡了。

男孩花了很長的時間製作、修整與測試工具。我們伸出菌絲，對男孩說話。歐文團塊告訴男孩如何區分即將要枯爛的蘆葦，以及不怎麼會腐爛的藤蔓，男孩似乎無法完全理解歐文團塊教導他的東西，但也不再堅持把我們纏繞在他腿上的菌絲撥開。有時候，男孩甚至會縱容我們將他的雙腿覆蓋成白色，並安靜地待在沼澤附近，一起度過一段時光。

不能直接吃掉他嗎？

我們之中的一部分這麼問。不過，我們不會這麼做。

就這樣，男孩白天像是沒有生命一樣躺著，在太陽完全落山之前，才起身開始搜集木材，或編織藤蔓製成繩索。我們開始思索一些關於男孩的事情，比如男孩的個體性，比如他想要以固有的身體活下去的強烈鬥志，即使我們始終無法理解。在男孩入睡的期間，我們會張開細絲一般的觸腳，延伸到男孩入睡處附近的岩石、腐草、草叢及泥土，以便感受到遠處傳來的震動。萬一必須再次面臨新的襲擊，我們才能即時喚醒男孩。

＊

男孩背起搭建完成的木筏與工具，從地上站起身的那天，我們將菌絲伸向男孩，向他說話：

不要走，不要離開這裡。

男孩盯著緊緊糾纏在自己腿上的細絲，接著緩步走向沼澤，他沉默地屈膝跪在池邊，凝視著平靜的沼澤水面，跟平常男孩看著我們的眼神沒有不同。

你已經是這片沼澤的一部分了。

就算沒有被消化也無所謂。

我們之中的一部分出聲說道。

此時，男孩垂下頭，將雙唇貼在沼澤水面上，貼在我們之上。這一刻我們才突然意識到，這是人類曾經用來表達極致愛意的方式。水面上，細微的漣漪向外蔓延。

「保重。」

然後，男孩直起身，轉頭離去。

向著江河，向著大海。
向著再也沒有任何人知曉男孩的地方。

離開西蒙時

「請問您是去過西蒙嗎？」

素恩正在等待轉車時，旁邊座位的女人轉頭問她。對方是一個戴著幾何圖形花紋面具、聲音頗為低沉的女子，她似乎能認得素恩提著的紀念品包包。

「是啊，我不久前才從那裡出發。」

「您覺得這趟旅行如何呢？」

素恩這才轉頭看向女子。因隔著面具而無法看清表情的女人，正直直地注視著素恩。

「嗯……是一段令人驚訝的旅程，可以說是這輩子第一次有這樣的經歷。」

素恩簡單地回答，女人聽完點了點頭。雖然對話可以直接在這裡結束，但素恩還是補充道：

「我到現在還是不太明白。我在西蒙看到的究竟是什麼？其中是不是有什麼含義？

我已經搞不清楚了。您應該知道我指的是什麼。我本來是為了解開疑惑所以才去那個地方，結果反而產生了更多疑惑。」

如果今天聊的不是西蒙而是其他星球，那麼素恩絕對不會跟當地人這麼說。即便說話也只會是一些禮貌性的謊言，例如：那裡是一個很棒的地方、那裡有很多漂亮的風景、以後好想再去一次……等等。但是素恩十分明白，她沒有必要跟西蒙人說善意的謊言。

「很高興您願意對我實話實說。雖然我自己也是來自西蒙的人，但是對於稱讚西蒙漂亮的話語，實在難以認同。西蒙這個地方，與其說是漂亮，倒不如說是個讓人困惑的地方。」

女人如此說道。從她輕快的語調來看，她似乎並沒有為此感到不快。

「所以，您現在要再次回到地球嗎？」

「嗯，我正要回地球去。」

「太好了，我也正在等待前往地球的宇宙船。如果您對西蒙還有好奇的地方，可以盡量問我，不用客氣。但如果讓您覺得不舒服，我會立刻離開這個位置。」

「我不覺得有什麼不舒服，真的很感謝您，明明是我有很多想問的事情……」

雖然素恩這麼回應女人，但是真的要把問題問出口時，卻感到躊躇不定。從寬闊的觀景窗望出去，可以看見不久前才離開的紫色星球。

兩年前，素恩收到編寫〈西蒙旅遊指南〉的委託，本來對方要求盡快繳交稿件，但被素恩推遲了交期，直到今年初才前往西蒙。即使在那個時候，素恩也沒有打算要在西蒙停留半年之久，反而是盡可能地想要縮短滯留時間。就算沒有遇到因為太陽磁場的變化，導致宇宙飛船航程不斷變更的倒楣事，素恩也計畫著能快去快回。

西蒙的大部分土地都已成為乾涸的荒原，人民集中居住的小島是這顆星球上最豐饒的地區，但是當地並沒有足以令人讚歎的美景。讓這裡變得有名氣的理由只有一個，那便是所有西蒙人都戴著面具，下至幼童，上至老人，無一例外。然而，這也是為何西蒙總是瀰漫著詭異的氣氛。

起初，素恩對這裡十分感冒。當初一直拖延而不願動筆開始撰寫指南的理由，也是因為如此。她還記得第一次看到西蒙街道的照片時，心中冒出的困惑。照片中，街道上的人群全都罩著印有幾何圖案紋路的面具，彷彿在光天化日之下的市中心正舉行著什麼化妝舞會似的。那奇異的光景令人不寒而慄，同時又有些滑稽可笑。

來到西蒙後，親眼看到的街景與照片並無太大差別，但是相較於照片上的景象，親眼目睹那種景況的感覺又更加令人毛骨悚然。戴著輕薄面具來來往往的行人看起來像是在微笑，同時又像是在哭泣，但那其實是面具上複雜的花紋根據光線照射方向的變化，所產生的視錯覺現象。

他們各自擁有一個能夠輕鬆區分彼此的標誌。素恩在這裡沒待多久，也開始習慣透過聲音或體格來認人。與來到西蒙之前的想像不同，就算戴著面具，這裡的人也能夠維持正常的生活。

「我想問關於面具的事情，西蒙人戴著面具的理由是什麼呢？觀光局有出面說明是宗教的緣故，但真的是因為宗教嗎？在那裡停留一陣子之後，我一直很懷疑這一點。」

女人聽完素恩的疑問後忍俊不禁。

「原來您還不知道真正的理由啊！也是，就算把緣由講出來，也沒有什麼人會相信。」

女人笑著說道。

「幾十年前，一支探索宇宙的研究船抵達西蒙，他們在其他遙遠星球上所發現的生物樣本，由於研究員的失誤而流出。那時流出的東西，就是這個。」

女人將頭髮往上撩起，想讓素恩看清面具與臉龐的分界。令人訝異的是，本來以為有分界的部位卻看不見任何分界。面具與女人茶色的皮膚緊緊相連，沒有任何界線。

「那是一場災難，忽然之間，從外星來的寄生生物緊緊黏在臉上，怎樣都弄不下來。」

素恩感到十分驚愕，但是她努力不讓情緒顯露出來，維持平靜的表情看著女人的臉龐。女人像是在炫耀般地使勁用手指按壓面具，然而材質看起來是堅硬金屬的面具，卻在微微凹陷之後立刻恢復原狀。

「面具開始會自體繁殖。起初，我們失去了笑容。接下來，我們失去了沒有眼淚的悲傷，又失去了沒有吶喊的憤怒，面具將我們所有細微的感情都蓋住了。為了能夠表達自己的情感，我們必須大聲疾呼，嚎啕大哭，直到聲嘶力竭。我們甚至笑不出來，因為一切都太讓人感到絕望了。除了再也無法好好認出彼此，同時也無法再次看到所愛之人的五官。不到一個月，幾何圖案的外星寄生生物就取代了所有西蒙居民的臉。」

「太可怕了。」

「不過，有趣的是後來發生的事情，西蒙人變得非常喜歡這副面具。」

「為什麼呢？」

「在這個症狀蔓延之後，又過了幾年，將寄生生物從臉上摘除的實驗成功了，但是西蒙人的反應卻不冷不熱。因為，我們已經決定就這樣戴著面具生活下去。」

「我沒辦法理解這個決定。」

「因為我們都很滿意這副面具。」

聽完這番話，素恩不知該做何表情。然而，女人用唯一沒有被面具遮掩的雙眸靜靜看著素恩。女人開口說道：

「反正就算臉上沒有面具，我們也不會知道彼此真正的想法。請您仔細想想看，現在正面對著您的我，是笑著的嗎？還是說，其實我現在的表情很冷淡呢？不管我現在的表情是什麼，您都能確定這是我真正的心情嗎？」

素恩被問得啞口無言。

「自從面具來到我們的世界以後，我們再也不需要強顏歡笑。比起作出虛偽的表情，面具反而幫助我們對彼此流露真正的溫柔，這就是西蒙人為什麼依舊戴著面具的理由。」

短暫的沉默流淌在兩人之間。廣播開始播報通往地球的宇宙飛船即將出發的訊息，女人開始整理放在地上的行李。素恩開口問道：

「就算是這樣，您從來沒想過要將面具拿下來嗎？」

「為什麼要有那種想法呢？」

「難道您不會想知道別人在面具下真正的表情是什麼嗎？」

「您認為面具後面，真的有臉嗎？」

女人反問素恩。素恩沉默了一會兒，接著又開口詢問：

「總有一天，我是不是也能夠戴起面具生活？」

「只要妳願意。不過，如果妳已經習慣顯露自己的表情，想要下定決心隱藏表情活下去，並不是件容易的事情。」

女人一邊說著這些話，一邊從椅子上起身。素恩心想，也許在這副面具之下，女人正露出笑容。不過在下一瞬間，她又覺得這件事情並不重要。

素恩在西蒙的旅館前，搭上離開的接駁巴士時，這片區域的居民全都來到車站為素恩餞別。這段送別的時間裡，他們在街頭互相致予無數的問候。在接駁巴士離開的時候，人們繼續向素恩揮手道別。旅館主人、經常拜訪的餐廳廚師、在爵士酒吧中成為好友的天籟歌手、每天午後都悠閒地曬著太陽的隔壁老奶奶、街道對面花店主人的二女兒。西蒙的一切是如此地平凡而親切，唯獨他們戴著面具的這件事與眾不同。

如今，素恩不再去揣測他們真正的表情為何，而是開始去想像他們真正的心意。那時，素恩看著沐浴在陽光下那些呈現奇異花樣的面具，心中猜想他們大概是在對她說「後會有期」。

此刻再次回想起來，他們也可能是在說：妳一定會非常想念這個地方。

家裡的可可

我打算講一下從數年前開始，便席捲地球的某些流行。事實上，如果要從這些奇妙的流行是源自哪個時間點開始講起，對我來說還挺不容易的。因為，短時間內讓全世界的人理所當然地接受的流行模式，已經深深入侵我們的日常生活之中。比如，在早晨的時光泡上一杯咖啡，在晚間入睡前觀看 Youtube 影片獨自咯咯低笑，這些事情早就順理成章地變成我們生活的一部分。假如有誰正在聽我說這些話，我敢打包票，你有很大的機率已經接受這些事物，至少，你覺得這些東西十分合理且自然。

如果要談論「奇怪的流行」這件事，話題肯定是永無止盡的。我的爺爺以前跟我分享過，在我出生之前曾流行一時的事物。在某個流行開始盛行時，有的人會覺得有趣，而加入一同追逐流行的行列，也有的人會對此緊皺眉頭，而聽說爺爺正是屬於會對這些東西皺眉的那一派人。每當親朋好友跳著激烈的舞蹈，或是擺出滑稽的姿勢，還拍成影片到處分享時，對於應該要表現出怎樣的反應，也讓人相當為難吧。曾經，有一種叫做「史萊姆」的玩具受到廣大的歡迎，黏土形態的玩具可以加入色素，也能夠放進各式各樣的裝飾品。根據這個玩具的質感，觸摸時會發出噗哧噗哧的聲音，黏糊糊地附著在手上再被外力撥落，同時它也會散發出香味。在那個時期，把玩史萊姆的影片可說是隨處可見。爺爺告訴我，那是個看起稍微有點奇怪的流行。每個人都揉捏著閃閃發光、軟軟爛爛的玩具，將它拍成影片上傳到網路上，然後說「這麼做讓我的心情變得平靜」，這對爺爺來說是一件難以理解的事情。因為，它只是一個軟乎乎又噗哧作響的玩具而已。

不過爺爺雖然嘴上批評著史萊姆玩具，但他的桌上卻也出現了「那個」。

「是啊，那種流行真的滿奇怪的。可是，爺爺……」

我猶豫著開口問道：

「您不覺得『可可』看起來也有點怪異嗎？『可可』可能也是那種奇怪的流行啊！」

聽到我的問題，爺爺突然露出十分嚴肅的表情，接著用冰冷的語氣回答：「不對，我從來沒有這麼想過可可。」讓我感到一陣茫然。隨後，爺爺轉頭看向可可，露出爽朗而天真的笑容，我過去從來沒看過爺爺流露出這種表情。那是一個被幸福填滿的笑容，是人們看著可可時會展現的笑容。回過神以後，我覺得這才是最奇怪的事情。

＊

我穿越了三年的時光。我並不是所謂的時空旅行者，而是字面意義上失去了三年的時間。二十四歲那年，我在上班的途中被卡車撞飛，很長一段時間都處於昏迷中，然而家人從未放棄過我。剛開始恢復意識時，我以為我還在做一個很長很長的夢，醒來後的一星期間我一直在胡言亂語，直到神智終於回復正常的那一刻，我看見姊姊在我身旁，緊緊握著我的手。我環顧四周後，開口問道：

「姊姊，這到底是什麼啊？是我看錯了嗎？還是我的眼睛出了問題？我是不是還在做夢啊？」

姊姊見我突然能夠正常講話，還嚇了一大跳。她看著混亂的我，露出遺憾的表情說：

「怎麼？有什麼好奇怪的，侑娜？想知道發生了什麼事嗎？我全部都會告訴妳，這段時間我們等妳醒來等了好久啊！」

「不是的，姊姊，我不是指這個……我是說那個，那些東西……」

我舉起顫抖的手指，指向病房牆邊充斥架子上的「那些東西」。姊姊先是露出了懷疑的眼神，接著變成滿臉無法理解的表情，視線在那些東西與我之間來回打轉。

大概是由於我與大部分的人不同，中間經歷過三年的昏迷而來到現在，所以能夠立刻察覺那些東西的怪異。也是因為看到那些東西，在我醒來後的一段時間裡，一直以為自己還在做夢。在我昏迷之前與清醒以後的世界，確實有著關鍵性的改變，但是所有人都不覺得那些東西有什麼不對勁，彷彿只有我一個人感到怪異。

不僅如此，在辦好出院手續後，不管是在回家的路上，還是打開家門時，視線所及之處都必定會看到那些東西。我的驚愕反應令家人擔憂，但是我知道他們絕對不會清除那些東西。我懇切地拜託家人，至少在我日常生活範圍的半徑之內，不要出現那些東西，並且必須將我房間中的那些東西全部清除。在醫院中昏迷的這段時間裡，失去主人的房間已經被那些東西徹底占據，甚至找不到一絲一毫剩餘的空間。

可可。這個外星植物奪走了人類最親密寵物的稱號，並占領了這個頭銜。

*

新天空實驗室選擇了據說有外星生命體存在的三顆星球作為候補目的地，他們出發前往那些星球時，全世界的人類都為之瘋狂。接著，當探險隊發送訊息回地球，表示有兩顆星球上只發現了氨基酸與蛋白質分子，沒有任何其他生命跡象時，人們都不免感到失望，畢竟那些分子也曾經在太陽系的其他衛星上發現過。奇怪的是，剩下的最後那顆星球，卻始終沒有回傳任何進一步的消息，大家都在推斷探險隊可能已經遭遇不測，或是出現通訊問題。那是在我二十歲時發生的事，此後時光飛逝，我從學校畢業並獲得第一份工作機會，懷著緊張又激動的心情奔走在上班途中，直到被卡車撞上的那一刻為止，前往第三顆行星的探險隊，都還沒有任何消息。

他們帶著可可回到地球時，我還在深深沉睡著。那時，媽媽及爸爸只要一想到可能會永遠失去女兒，便每天夜不成眠，以淚洗面。而姊姊作為父母親僅存的唯一一個女兒，總想著要肩負所有責任，甚至都不敢哭出聲。當時，他們從醫院的電視中看見這則緊急報導：「戲劇性的發展！新天空實驗室三號船重啟通信，光榮返航地球」。地球派出的救援隊打撈起降落在大海中央的逃生艙，確保探險隊員的生存狀態後，在一陣相機閃光燈的洗禮下，探險隊員步出救援船並登上陸地。接著，就在所有人的目光都聚集在探險隊員身上時，照相機捕捉到放置在救援船上的逃生艙。

十幾名面帶微笑的科學家與「那些東西」將逃生艙塞得滿滿的，現場直播將這些畫面播送到全世界的同時，其中一名科學家突然露出幸福萬分的笑容，隨即將那個東西舉到現場記者的眼前。

「各位，我們帶回了足以改變地球的偉大發現。」

我該怎麼描述那個生物的外型呢？它既像是濕潤苔蘚聚集成的一團巨大毬藻，也像是草綠色的毛線球或是沒有眼睛的倉鼠，又像是向四面八方伸出深綠色觸鬚的海葵，抑或是巨型的綠色鼠婦[10]。唯一能夠確定的是，在地球上的生物界中，沒有任何生物能夠用來完整比喻那個東西，此外，對看到那個東西的人，它還會誘發幻覺，大家看到的都是不同的外型。透過向全世界公開轉播的畫面，第一次看到那個東西的人都發出了尖叫。沒過多久，現場直播連線便被切斷了。

不管新天空實驗室的探險隊員在外星上發現了什麼，他們都曾經在出發探索之前進行了宣誓。也就是在沒有人類共同協議的情況下，絕對不會讓外星生物踏足地球的土地上。因為，就算只是一種微生物，也可能成為威脅全體人類的危機，所以倘若不謹守這道防線，那麼人類甚至必須做好迎接滅亡的覺悟。可是，所有的探險隊員，乃至於發現探險隊員的救援隊，都默認了讓那個東西入境。警察迅速逮捕了探險隊員，而營救探險隊員的救援隊也一併進行隔離措施。起初輿論譁然，民眾激烈地要求應該燒光探險隊員穿過的衣服、攜帶的物品，逃生艙更不必多言，還有那些待在宇宙船上蠕動不已、令人作嘔、形貌怪異的綠色球狀物。然而，經過兩天的沉澱，人們開始逐漸找回失去的理智。

10 譯注：隸屬於軟甲綱的節肢動物，喜歡陰暗潮濕處，受到外部刺激時會將身體捲成一團。

科學家開始請求，希望在學術範圍內研究探險隊員帶回的外星植物。就連站在人類知識最前線的科學家，都無法自拔地陷入這個植物的魅惑力，因此讓人更加好奇，這個植物的真面目究竟是什麼？

而現在，距離當時已經三年，現在可可已經成為人人必備的居家小物，除了像我一樣從過去跨越時空而來的人，或是才剛呱呱墜地的小嬰兒之外。

＊

弓形蟲[11]可以永久地改變鼠類的大腦。出現弓形蟲感染症的老鼠會變得勇敢無比，並受到貓咪的誘惑而變得不再害怕貓咪的味道。因此，老鼠會自發性地成為貓咪的餌食，並為了替寄生蟲散播子子孫孫而服務。

可可所發散出來的物質，是單純能夠干擾人類大腦運作的化學物質，還是更加精細

11 譯注：一種寄生蟲，可感染大部分動物。

的其他什麼東西？對此，人們至今仍然議論紛紛，沒有定論。有科學家推測，那是一種自我傳播的生存策略，同時也是一種繁殖方式。當這個重磅消息透過電視轉播向全世界宣布的那天，人們紛紛上傳自己擁抱著可可的照片，並發表了讓我至今仍印象深刻的話：

這些事情一點也不重要。我們過得比以前還要幸福。因為這些小小的朋友留在我們身邊，所以人類不再是宇宙中孤獨的塵埃碎片。

人們摩挲可可、撫摸可可、擁抱可可，並因此而感到幸福。眼下，所有人類都愛著可可，它成為人類選擇陪伴的方案中最受歡迎的一種。如果硬要用地球上的生物來比喻的話，比起會活蹦亂跳的動物，它們更接近靜止不動的植物，但是跟著喜愛它們的人類，它們可以行遍天涯海角。無論是熱帶雨林或火山的噴發口，甚至是鹽湖中都可以發現可可種子的蹤跡。它們並不會恣意地生長發芽，而是屏息以待，悄悄地占領地球。它們藏匿在人類的口袋之中，哪裡都不去，只是把種子不知不覺地播撒在土地中。

當時，我家人沒有放棄跟死亡狀態沒兩樣的我，並始終等待著我甦醒的那天，某種程度上也可以說是可可的功勞。因為可可給了他們希望，可可讓他們沒有放棄生活。可可為了使自己的生命能延續久一點，需要藉用人們的雙腳前往全世界。當我明白這個事實之後，便決定接納這些奇異的陪伴者。我讓可可待在身邊，並開始觸碰它、輕吻它，我可以感覺到這些東西所擁有的外星物質不斷進入我的體內，也能感覺到喜悅將我填滿。

可可帶給地球人的東西不僅是它們自己，還有它們那潮濕的綠色毛球中隱藏的生態系。尚未被分析透徹的無數微生物正在蠕蠕而動，並漸次籠罩整個地球的土壤。它們一面將土壤中的釷[12]吃得精光，一面建構著不屬於我們的生態系。

科學家推測，未來的地球大概會同時存在兩種生態系，也許我們早就已經生活在外星環境中了。如今不管在哪一處的土壤中，都可以發現外星微生物或是外星生物殘留的

12 譯注：一種金屬化學元素，有少量的釷存在於土壤中。

副產物，與過去完全不同的地質時代已經來臨。因此，某些人也主張，應該要在純淨的地球還沒被完全污染之前守護這塊領域，或是指定地球保護區域。即便是愛著可可的人，偶爾也會懷疑可可的真正目的是什麼。那些東西的終極目標是什麼？我們察覺得太晚了嗎？地球已經被污染到無法挽救的地步了嗎？或者說，這一切真的能夠稱得上是「污染」嗎？

不過，我不在意這些問題。畢竟，那不會讓我變得不幸。畢竟，是「污染」使我們能夠繼續活下去。

我覺得維持現在這種生活，無論是數十年、甚至數百年，也還滿不錯的。

我輕撫著可可說道：

你要長命百歲，拜託，不要離開我的身邊。

那時，明明無法露出笑容的可可對著我笑了。而我也看著可可，報以微笑。

污染地區

拉特娜正朝著禁止進入的區域前進。準確來說，是被劃分為危險等級A的區域。一直以來，連派遣員都被嚴格禁止接近這片區域，但是從今天開始，只有拉特娜一個人被允許進入這個村莊。隨意掛在口袋上的識別卡咣啷作響，上面印著：派遣員代號B-492100，拉特娜・森。

沿著帕內摩爾山脈的崎嶇道路行駛一段時間後，便能看見被霧氣籠罩的雲霧森林[13]，她的目的地就在那片雲霧森林之中。「大寄生」發生以後，人類能夠居住的區域被外星植物侵吞殆盡，而此處便是「大寄生」之後，極少數有人類聚集生活的地方。然而這裡地處偏遠，污染已經十分嚴重，因此總部起初判斷沒有必要再進行任何調查。就像地球上其他廢棄的地區一樣，只要放任這片區域不管，它就會自己慢慢消亡。

13 譯注：一種常見於熱帶或亞熱帶的雨林生態系統，經常性或季節性地被雲霧籠罩。

不過，由於總部接到一則奇怪的線報，讓拉特娜成為第一個正式被派到村莊中勘查的派遣員。由於那則線報被列為機密事項，因此連拉特娜也沒能得知完整內容，不過唯一能夠確定的部分是：住在那個地方的人都「沒有受狂躁症影響」。即使居住在被污染的區域中，卻還能維持正常的神志，這種事情怎麼可能發生？

替拉特娜指引道路的女導遊提到，自己曾經為了做生意而進出村莊。站在拉特娜的立場，固然希望能在進入村莊之前先獲取一些情報，但是女導遊在接下來的旅程中都陰沉著臉，緊閉雙唇不願多說一句。在迷霧漸漸開始遮蔽前路時，女導遊忽然間停下了卡車。

「只要沿著這條路，步行三十分鐘左右就到了。我已經先告訴這裡的人，會有從外面派遣來的醫生幫他們看病。從這裡開始的路就很平緩，即使用走的也可以到達。」

「為什麼您不跟我一起去呢？總部下達的指示，應該是讓您與我一起進入村莊才對。」

「我做不到，我真的……不想再進去那裡了。那些人欺騙我，讓我把那個東西……」

女導遊露出欲言又止的表情，最終不願意再開口說話，然後滿臉抗拒嫌惡地搖了搖頭。不過即便如此，女導遊也只是把身體埋進座位中，沒有啟動卡車引擎。拉特娜感到十分不解，但是見女導遊幾欲嘔吐的模樣，似乎也沒辦法好好開車，所以她瞪了女導遊一眼，便背起行囊下了卡車。

這條路是單行道，所以拉特娜前進時沒有任何猶豫。在她終於看見指引村莊方向的路牌時，瀰漫在森林中的灰白煙霧也變得更濃了。拉特娜屈起膝蓋跪在地上，觀察地上枯死腐壞的植物，以及布滿石頭的苔蘚。如果想要好好確認一個地區的植物狀態，就必須用到分析裝備，但是對於走過好幾個區域的拉特娜來說，如今就算只用雙眼也可以分辨得出來。眼前這些植物，全部都是「大寄生」後才被污染的植物。至今為止，拉特娜去過的若干地區中，此處的滲透及變異最為嚴重。她十分確定，這個地方根本就沒有總部正在尋找的什麼「純淨的」地球植物。

女導遊雖然說步行只需要三十分鐘左右，但由於拉特娜一邊採集土壤樣本，一邊前進，所以實際上多花了兩個小時才抵達目的地。茶褐色的石磚牆截斷一路走來的單行道，她環顧四周後發現了石牆終點處。想必這裡就是那座村莊了。拉特娜走向石牆的盡頭，發現不知何人用噴漆在牆垣上寫下了一段話：

雖然人類正在走向滅亡，但蕈菇並沒有。

拉特娜思忖著這句話還真是有意思，走到磚牆的終點後，便發現遠方正聚集著人群，其中似乎有人發現她的動靜，因而轉頭看向遠處的拉特娜。一部分的人開始高聲呼喊，一部分的人則朝著她的方向跑來。拉特娜看著逐漸逼近自己的人群，旋即皺起眉頭。

我的天啊，那句話原來不只是寫好玩而已。

這個村莊的居民有著一眼就能看出的詭異共同點，那就是他們全身上下都長著滿滿的蕈菇。這些蕈菇鑿開他們的皮膚，在血肉裡扎根生長，此外每個人身上的蕈菇種類都不同。

一擁而上的人群中，有一名身上長滿五彩錯綜斑點蕈菇的青年，他上前用略為生疏的官方語問道：

「我聽說會有外面的醫生進來，您就是那位醫生嗎？」

拉特娜極力讓視線不要太明目張膽地停留在青年的皮膚上，回答道：

「沒錯，我就是那個派遣醫生，可以為你們進行簡單的診療及開立簡易處方藥。不過這麼一看，你們好像都有相當嚴重的問題。這……」

拉特娜張望周圍的人們，露出為難的表情。

「這不是我能夠治療的病症，雖然不知道你們是感染到什麼東西，但是看起來非常嚴重啊！我去過很多地區，但是像這樣身體上長滿蕈菇，我從來沒見過。如果把樣本送回總部，一定會對分析有所幫助。」

「等一下。」

青年慌張地舉起手，打斷了拉特娜的話。

「您說要治療這些東西嗎？就是我們身體上長出來的這些？」

青年看起來相當訝異，接著他又問道：

「為什麼您非這麼做不可呢？」

＊

雲霧森林一年到頭都被雲霧籠罩，所以氣候相當潮濕，陽光也不容易照射進來，十分昏暗。由於地理位置就在赤道附近，所以氣溫再低也不會低到哪裡去。對於蕈菇來說，正是生長的最佳環境。這裡的蕈菇不是長在乾枯的樹木上，而是將菌絲植根於人類的皮膚上。奇怪的是，被蕈菇奪走養分而變得乾癟瘦弱的人，卻拒絕將這些蕈菇從身上拔除。

青年邀請拉特娜到自家作客，在前往青年家裡的途中，拉特娜順道觀察了這個充滿污染植物的村莊。雖然村子的外圍設置了柵欄，但是這種方式想當然耳防止不了污染的入侵。被污染的田地與菜園中，生長著被污染的作物，暗示著外星植物入侵的恐怖紫色斑塊遍布其上。這裡的人肯定都是吃這些被污染的食物維生，然而，他們卻都沒有患上狂躁症。以人類來說，根本不可能承受得了這種生活方式。

在廚房與客廳來來回回的男孩身上，也長滿了斑塊繽紛的蕈菇。這個男孩似乎是青年的弟弟，但是他的外表一點都不像個孩子，皮膚乾燥得像是充滿裂紋的樹皮，龜裂的角質縫隙中滋生出蕈傘以及蕈柄，血色小型新生子實體已經撕裂皮膚表面噴湧而出，覆蓋著男孩的身體。男孩將擺著茶杯與盤子的托盤放到拉特娜面前，拉特娜一看見男孩放在餐桌上的東西，便反射性地感到噁心作嘔，她無法控制自己的生理反應。盤子上所盛的東西已經失去了原形，但仍然能明顯看出是以蕈菇為食材做成的料理，盤子旁邊放置的茶杯中則盛滿紅色的液體，雖然不知道原料是什麼，拉特娜也不願去想像它的真面目，總之看起來絕不是什麼普通的茶水。拉特娜連碰都沒有碰，問道：

「你們會互相吃對方身上長出來的蕈菇嗎？」

男孩沒有直接回答這個問題，而是觀察著眾人的表情。帶拉特娜回家的青年面無表情地開口：

「雖然您可能會覺得不可思議，但這就是我們的生存方式。」

「就算如此，還是很不對勁啊。蕈菇可是異營性生物[14]，跟一般植物不同，沒辦法自己產生養分，所以將你們當作養分供給來源，才能夠繼續生長。那麼你們又是怎麼攝取營養的呢？你們的這種生存方式，簡直就跟把自己排出的小便當作水分又喝進肚子裡沒有什麼不同。」

面對拉特娜的非難，青年陷入短暫的沉默，拉特娜也安靜等待青年再次開口。青年猶豫地說道：

「我們並不是只吃蕈菇而已，我們也會吃農作物。還有那些以農作物為飼料的家畜，也都是我們的食物。我們也很清楚那些農作物已經被污染了，但是只要跟這些蕈菇一起吃的話，就不會有問題。我們也是失去了許多村民之後才發現這件事。也有人一直到現在都拒絕把身體上長出來的東西當作食物，不過有了這些蕈菇，我們既沒有死掉，也沒有瘋掉啊。我們都認為這些蕈菇是上帝賜給我們的禮物。對於在死亡面前拚命祈禱的渺小生命，蕈菇就是上帝給予我們的答覆。」

14 譯注：一種生物的生存型態。由於無法自行合成有機物，故需間接或直接地依靠現成有機物維生。

拉特娜聽完青年的一席話後，便沉思了起來。難道這個村莊的居民身上長出的蕈菇裡，含有能夠抵抗污染植物誘發狂躁症的物質？接著，拉特娜搖頭否決了自己草率的猜測。倘若真是如此，居民身上長出的蕈菇種類實在太多了，這些種類繁複的蕈菇，不可能全都剛好擁有同樣效果的物質。更何況，這個青年有很大的可能是在說謊，抑或相信的是被扭曲的事實。

「好，我知道了。時間已經不多，我們先開始看診吧，別管那些嚇人的蕈菇。」

那天，拉特娜從白天到深夜，都在青年家門口安排好的位置上進行診療。村民紛紛前來找拉特娜傾訴自己的病痛，從頭疼、流鼻水、肌肉痠痛……等諸如此類生活常見的小症狀，到看起來真的相當嚴重的重症徵兆，形形色色的病症源源不絕。但是怪異的是，大部分的村民都心有靈犀地對皮膚上長出的蕈菇絕口不提。

從拉特娜的觀點來看，這些蕈菇絕不是無害的。它們就像有致命危險的皮膚病，在蕈菇不斷茁壯的期間，皮膚也會重複裂開，不僅會讓人感到疼痛，同時也會伴隨著濕疹、發炎、蕁麻疹等併發症。這裡的居民不願意讓拉特娜深入確認皮膚的狀況，因此她很難診察到病灶深處，但是她推斷這些蕈菇應該已經潛入臟器裡了。倘若情況如她所想，這裡的居民因蕈菇而引發的痛苦，勢必已經相當嚴重。這些蕈菇以人體為養分來源，得以生生不息，也使得居民各個瘦骨嶙峋，甚至正以令人瞠目結舌的速度老化。就連尚且稚嫩的青少年都雙頰瘦削，眼窩凹陷，白髮蒼蒼。即便如此，倘若拉特娜將村民的這些體態徵狀與蕈菇的繁殖連結在一起，眾人都會露出不可置信的神情，宛如在談論什麼禁忌的祕密，不斷搖頭否認。

「不是這樣的，我沒有要請您將這些除掉。我只是有很嚴重的頭痛，所以才想來讓您開點藥給我。頭痛跟這個沒有任何關係。」

當天的最後一名村民，是個自稱患有極為嚴重的偏頭痛、甚至影響到日常生活的老翁。拉特娜在替老翁診察時，在對方的頭髮間發現了細如蛛絲般奇異的物質，它們跟老翁的銀髮糾纏在一起。起初，拉特娜以為是這名鬚髮皆白的老翁所掉的頭髮，然而仔細一看才發現，那細絲一樣的東西其實是一種菌絲體。拉特娜將菌絲體放入樣本瓶中，接著說道：

「這裡的人白頭髮還真多，剛才替大家看了一下，連年輕人都是如此呢！」

老翁也點頭表示認同。

「可不是嗎？不知道是不是因為大家都在這種偏僻的鄉下吃苦……」

老翁的話才說到一半，突然像是說了什麼不該說的話一樣突然噤聲，又趕緊補充道：

「就算如此，在『大寄生』以後還能過上這樣的生活，已經足夠讓人心懷感激。我們一直都對這些蕈菇滿懷感謝。」

*

由於隔日天一亮就必須馬上離開，所以拉特娜正在收拾行李。本以為早已入睡的青年，打開房門出現在客廳中。拉特娜以眼神向青年致意後，便繼續整理行李。原以為青年只是要去喝口水，或是要去上個洗手間，沒想到青年一臉若有所思，然後來到餐桌前坐下。

「非常感謝你今天一整天的協助。」

拉特娜向青年表達了禮貌性的感謝與問候，接著青年卻問出了讓人始料未及的問題：

「您其實不是醫生，對吧？」

拉特娜感到一陣驚慌，但並沒有因此亂了陣腳，她保持著鎮定的態度反問：

「為什麼你會有這種想法呢？」

「我聽到了一些傳聞，據說建造隔離都市的那些人，會將派遣員送到世界各地，偽裝成各式各樣的職業，而實際上是在進行非常機密的任務，只是沒有任何人知道任務的內容……不過，聽說這些人曾經停留過的地區，經常會發生可怕的事情。您也打算讓這個村莊變成那樣嗎？」

拉特娜忍不住笑了出來，但即使看著她的笑容，青年僵硬的表情也絲毫沒有軟化的跡象。拉特娜審視著青年的臉，接著開口說道：

「真是有趣的小道消息。我也能夠理解你為何會這樣懷疑我。我確確實實是醫生，但是會來到這裡也不是出於個人的研究目的，而是為了研究『大寄生』之後出現的各種新型疾病。話雖如此，我也不是你口中那種為了散播恐怖之事而到處旅行的可疑人物。」

「如果您真的是醫生……以後打算對我們村莊的人做什麼？您認為這些蕈菇是一種病嗎？」

青年依舊一臉警戒，拉特娜則是直視著對方。

「誰知道呢？假如真的是疾病，反而跟我沒關係啊。」

「這是什麼意思？」

「如果是自然發生的疾病，那麼這終究是你們自己要去承受的痛苦。但是，假設這些蕈菇是由於『大寄生』才出現的外星物種，那麼你們就是這個外星物種的宿主了，總有一天也會有其他人來處分這個村莊。畢竟這個村莊的現況，就像是那些受到污染的植物一樣。當然，因為這個地方實在偏僻，所以短時間內可能不會有什麼事，但是你們最好不要跟外界有任何往來會比較好，要是曝露了這裡的狀況，那些人為了防範未然，必定會對你們趕盡殺絕。」

「原來如此，看來我們現在能做的事情也不多……因為就連我們也無法分辨這些蕈菇究竟是在地球上誕生的，還是從外星過來的。」

「如果你真的懷疑我是派遣員，難道都沒想過要直接殺了我嗎？」

當拉特娜這麼問時，青年以沉靜的目光看向她。

「直到剛才為止，我確實做好了這種心理準備，但現在卻覺得這無濟於事。連住在這種窮鄉僻壤都能夠聽到傳聞，那些派遣員也應該早就有能力應付鄉下人無力的襲擊了。更何況，假如您沒有回去，又會有下一個派遣員過來。」

「雖然我也不見得能順利回去，但是你能這麼想，對我來說值得慶幸。」

即使聽見拉特娜打趣般的話語，青年仍然愁容滿面，他陰鬱的目光盯著自己皮膚上長出的蕈菇。這裡的人大概也曾懷疑過自己，這些忽然間開始在人類皮膚上滋長的詭異蕈菇，也許真的是在「大寄生」之後出現的生物，就跟開始污染地球植物的外星植物一樣。

「您真的認為這些蕈菇是從外星來的東西嗎？我們應該要怎麼做才能活下來呢？」

「我沒有說蕈菇一定是從外星來的。」

「您是什麼意思?」

「讓我和你分享一個有趣的故事。」

拉特娜微微一笑，然後繼續說道:

「有一位我認識很久、交情不淺的生物學家，雖然不知道他現在人在哪裡，不過直到去年為止，他都對某處的沼澤十分著迷，經常去那個沼澤做研究。那傢伙對生存在沼澤中的奇異生物，以及它們的祕密非常感興趣。令人感到驚訝的是，那沼澤中的生物體與地球上的菌類有著相似的構造，此外它們能用連接網建構出一種集體智能。我們都認為，這些生物要不是在『大寄生』發生時，跟著一起從宇宙降落到地球，就是被外星來的某種東西污染後，才變異成具備智能的物種，因為至今為止，人類從來沒有在地球上發現過類似的生物。」

拉特娜看著一臉茫然的青年，接著講道:

「不過，這個研究進行一段時間後，我們得出一個神奇的結論，雖然這個結論可能是錯的。也就是說，那些東西並不是來自外星，而是一開始就生活在那片沼澤之中。很久很久以前就是如此，而且遠在外星物種污染地球之前。遙想那時的我們，從來沒有認真觀察過地球，所以一直到現在都沒有發現這件事。真是諷刺啊，一直到外星植物長滿地球前，我們都沒有發現。」

「所以您的意思是說，這些蕈菇也可能不是從外星過來的，對嗎？不對……這件事其實沒有這麼重要，反正不管我們自己發生什麼事，都不可能放棄這些蕈菇。但是，您會去通知上級，讓他們來處分我們嗎？」

青年口氣急切地發問，這讓拉特娜想起派遣者們收到的上級指令。如果放任不管會讓這個寄生物種繼續繁殖，或不斷向外傳播，那麼她會選擇動手清除。但是這並不代表拉特娜需要親自弄髒自己的手，舉例來說，拉特娜不久前分發給村民的藥丸，可以替換成延緩發作的毒藥。或者再過幾個月，以這裡可能會蔓延一場神祕的傳染病為藉口，接著再到某處埋下地雷，這也是可行的做法。

可是拉特娜認為，還是不要這麼做比較好。

「你曾說過，你覺得是蕈菇阻止了狂躁症的發作。」

拉特娜看向青年繼續說道：

「在我看來，並不是這樣。蕈菇只是在皮膚表面露出它們的子實體而已。我給你一點提示吧，你們村莊的人長出白頭髮的特別多，我建議之後你們就放著別管它。不過你們這裡有閒情在意白頭髮的人，看起來也沒幾個就是了。」

青年依舊是一臉不明白的表情，但拉特娜決定結束兩人間的對話，將行李扛到肩上。

生物學家歐文在某個沼澤中，發現了擁有集體智能的菌絲體連接網，以及這裡出現的蕈菇能夠防止因污染引起的狂躁症，也許這兩種生物在本質上擁有相同的運作原理。這樣的話，可以推測蕈菇下面滋生的菌絲體已經延伸到他們的大腦，並且有一段時間了。不過，沒有必要全部告訴他們，拉特娜心想。

拉特娜背起行李，步出青年家後，向著村莊入口處前進，途中青年默默無言地跟在拉特娜的身後。拉特娜心下懷疑，對方究竟要跟到哪裡？此時，青年停下腳步，對著拉特娜說道：

「派遣者。我聽說你們會對污染地區裡活下來的人類進行實驗，然後再虐待拷問那些人，這種行為是……是不對的，您這麼做就是站在『合作』那一邊。」

青年似乎十分肯定拉特娜就是派遣者，拉特娜也認為現在沒有必要再繼續否認。

「也許一切就是你所說的那樣，我也不覺得自己正在做的事情是正確的。」

青年緊緊盯著拉特娜，然而在下一秒鐘卻稍微放軟了態度。

「如果您厭倦了那個地方，想要離開的話，未來若需要藏身之處，請您務必再來這裡。」

這番意料之外的話，讓拉特娜不禁歪著頭問道：

「即使我不是真正的醫生也沒關係？」

「沒關係。我們需要更多的人，也需要一個能夠了解這些蕈菇的聰明人。更重要的是，我們還需要可以教導孩子們的老師。我也會替孩子們上課，因為這裡懂得說官方語的人並不多。」

看著青年說自己應該要去教導小孩，再想起那些渾身蕈菇的孩子們，一股奇異的心情縈繞在拉特娜心頭。拉特娜沒有回應青年，逕自移動腳步，而青年似乎依舊佇立在原地不動，望著拉特娜遠去的身影。

冷冽的空氣與迷霧交織的凌晨時刻，拉特娜在朦朧的視野中依循著來路下山，期間她一路沉浸在思索中。難道，這個村莊曾經有其他派遣者，不對……是其它「不合作」的派遣者來過這裡嗎？

拉特娜胸口充塞著好奇，繼續在濃霧中前行，直到終於發現自己之前搭乘的卡車。女導遊坐在駕駛座上，流著口水，睡得深沉。

「醒醒。」

女導遊嚇了一跳，從睡夢中醒來。

「我們出發吧，這次我來駕駛。」

拉特娜發動卡車引擎時，還在思索著這一切。不過，她可不能在這裡耽擱太久，畢竟還有下一個目的地必須前往。

地球的另一群居住者

休息站安靜而蕭條，偶爾會有車子的引擎聲劃破寂寥，但也只是駛過道路後揚長而去。空地上只有寥寥幾輛貨車停駐於此，放眼望去看不見任何一間正在營業中的店家。要是早知道這裡是如此鳥不生蛋，她就跟著前輩一起回研究所了。多賢心中湧出一股騎虎難下的感覺，但仍然向著休息站建築的方向走去。

簡陋破舊的廁所前，有幾個男人在那裡吞雲吐霧。廁所旁邊有幾間店面，看起來曾經販賣過烤馬鈴薯以及雞蛋糕，但是現在似乎都已經歇業關門，沒有一家店的燈光是亮著的。即便如此，總有一家店可以買杯咖啡來喝吧？她推開陳舊的玻璃門，巡視了一圈，但是並沒有什麼特別顯眼的事物。過去曾經是美食廣場的區域，只剩下有餐廳營運過的痕跡，現在只有一間雜貨店還在營業中。

所以說，這裡就只是一個即將荒廢的休息站，還咖啡呢！能夠坐在露天塑膠椅上，然後喝到一口礦泉水，就應該感到萬幸了！

從浦項出發前往江陵海洋生物研究所，足足需要花上四個半小時，因此她們必須在太陽尚未升起的清晨便啟程。上午，兩人前往研究所參觀近期導入的新型設備，這個設備可以在不產生噪音的情況下，俐落而快速地抓取檢測資料，這令她們感歎不已。接下來，她們到有研究合作的研究室學習設備的操作方式，並獲得一些研究樣本。後面的行程是去拜訪鄰近城市的大學研究所，但是宥真表示自己快累死了，想要買杯咖啡來喝，於是才來到這間休息站。如果不是在她們才剛停好車時，研究所那邊立刻來了電話，她們大概會迅速地買點什麼飲品之後就馬上離開。宥真哭喪著臉，說道：

「抱歉，我必須回研究所一趟。他說我們漏取一個樣本，要是我們還在附近的話，希望能回去拿。」

雖然多賢覺得不過就是一個樣本，用快遞寄過來也可以，但是宥真堅持今天一定要將樣本備齊，並在這個週末確認實驗結果，多賢看著歎氣的宥貞，發覺對她們來說似乎沒有其他選擇餘地。多賢才重新繫上安全帶，宥真便抬起下巴指了指車外。

「妳在這裡等我，大概要一個小時吧？應該不會太久。」

「為什麼？我也要一起回去。」

「妳暈車不是很嚴重嗎？妳就暫時先待在這裡，好好呼吸新鮮空氣。而且那間實驗室裡也飄著一股奇怪的味道。」

多賢感到有些抱歉，審視著玻璃窗上倒映出的自己。原來她的臉色這麼蒼白嗎？稍早在實驗室裡面，她也一直聞到那股奇怪的味道。聽說是前一天排氣孔運作出現問題，也許這種事經常發生，裡面的研究員似乎都相當習慣了，但是對於暈車症狀十分嚴重的多賢來說，剛歷經四個半小時的車程後，再聞到這種味道，讓她差點嘔吐出來。宥真再三強調自己會很快回來，要多賢留在這裡休息，因此多賢便決定聽話待在休息站。如果當初這裡什麼東西都沒有，她就會跟著宥真一起離開了。

多賢在雜貨店買了一瓶礦泉水，正打算坐在休息站外的一張椅子上休息，就聽到一陣嘎吱嘎吱的怪聲，把她嚇得從座位上跳起來。然而，即使這裡有些怪異，但是因為近山，風景很是宜人。看著這裡的景色，讓她想要像前輩提議的那樣，好好享受這裡的新鮮空氣。首先，她必須盡可能遠離身邊那群不停吸菸的男人。多賢一邊觀察著四周的景物，一邊走出休息站，向著停車場後方走去。她在途中突然停下腳步，因為看到了一個奇怪的景象。

那邊有個與四周格格不入的建築。離休息站稍微有些距離、連停車格線都沒有的廣場空地上，突兀地座落著一間餐廳。

在一間間閉門停業的餐廳中，它是唯一正在營業的店面。這間餐廳的外觀相當具有異國風情，入口處的門幅十分狹窄，只能夠容納一個人進出，餐廳的外牆是用原色油漆粉刷，呈現出屬於石磚那種凹凸不平的質感。多賢看不懂招牌上的文字，而門口處的直立式看板上，則用粉筆寫著菜單內容。

今日套餐　一萬韓元

這個位置被好幾輛貨車擋住了，如果沒有特別留意，根本不會看到這裡的景象，可是一旦發現這裡有一間店，就完全沒辦法置之不理。為什麼在即將廢棄的休息站旁，會出現這種餐廳？

多賢鬼使神差地靠近那間餐廳，然而這並非由於她想要吃些什麼，而是對餐廳內部的樣子感到好奇，想要一探究竟。裡面是否真的是一間餐廳？為什麼會在這種地方開設餐廳？這些問題讓她想要繼續探索下去。她從窗戶窺探裡面，確定餐廳內部燈火通明。多賢小心翼翼地掀起門前裝設的布簾，走進店裡頭。

內部擺設與餐廳外觀的風格完全不同，一種不協調的怪異感在多賢心中揮之不去。吧檯與凳子，像是汽車座位的椅子與桌子，棋盤狀的瓷磚地板，點綴牆面的霓虹燈飾，以及適合搭配一台點唱機的室內設計。這麼一看，這裡簡直就像是國外影集中會出現的那種美式餐廳。這間餐廳除了「奇怪」之外，真的想不出其他形容詞。它的外觀是在Instagram上經常看到的典型設計，但內裝卻像是取材自外國影集，這兩種元素毫不相干。此外，如果問說這家餐廳裡賣的是什麼類型的餐點，竟然還是讓人摸不著頭緒的「今日套餐」。

「請問有人在嗎？」

不知道是因為裡面一個人也沒有，還是因為現在這個曖昧的時間點並非午間用餐時段，不要說是一般餐廳會有的背景音樂聲，就連提醒有客人進門的鈴聲都沒聽到。偶爾，她可以聽見車子從餐廳外頭呼嘯而過的聲音，除此之外，這裡就是一個鴉雀無聲的寂靜空間。甚至，連一點食物的味道都沒有。不對，不要說是食物或是料理，就連備料或烹飪的聲響都沒有。這裡與其說是餐廳，更像是布置成餐廳的攝影棚。

多賢還以為自己誤入了沒有在營業的店家，正想轉身離去之際，又叫喚了一次老闆。

「請問老闆在嗎？」

一直都毫無人氣的餐廳，吧檯深處突然出現一名女性，多賢差點嚇得魂飛魄散。這裡似乎沒有其他員工，而這個女人應該就是老闆了。多賢與對方目光相接，率先開口打了聲招呼。話音剛落，老闆便立刻問道：

「您是來用餐的嗎？」

「是的，請問現在方便嗎？」

「當然，您可以找自己喜歡的位置坐。」

多賢急急忙忙地坐上吧檯的座位，其實她並不是真的想要吃東西，但卻像是被誘惑一樣，不由自主地順口答應了。況且，都已經把餐廳主人叫出來了，也沒辦法就這樣離開。老闆將一瓶礦泉水及杯子端上桌，礦泉水是多賢以前沒有見過的品牌。她倒在杯子裡喝了一口，有一點鹹鹹的味道。多賢想要看著菜單點餐，到處張望卻發現這裡沒有像是菜單的東西，她想起進來之前看到門口立牌上寫的「今日套餐」。老闆將餐巾紙放在吧檯桌上，然後說道：

「我們沒有菜單。今天的餐點是手工漢堡跟主廚例湯，素食主義者也可以吃。我們會用到替代肉跟椰漿，這部分您可以接受嗎？」

「啊……好的，沒關係。」

看了眼手機的電子時鐘，現在是下午兩點半，即使在一個客人都沒有的情況下，這家店的寂靜程度也非比尋常。此時，宥真發了一封簡訊過來：「多賢，這裡出了一點問題，我會稍微晚一些。妳可以慢慢逛，等我回去找妳。」

多賢的視線才從手機移開，餐廳裡就開始流淌著背景音樂，是一首節奏與旋律都相當陌生的演奏曲，至少不是出現在熱門音樂排行榜上的歌曲。廚房內的景象半掩半露，咕嚕咕嚕燉煮東西的聲音與餐具噹啷噹啷碰撞的聲音，從半敞的廚房裡流瀉而出，湯品濃郁的香氣也跟著飄散到空中。老闆微微轉身，與多賢視線相對，開口問：

「您為什麼會來這裡呢？這間休息站通常只有司機會來光顧。」

多賢還在考慮該如何回答這個問題，一轉眼老闆已將飲料端到吧檯桌上。她本來就在好奇誰會來這種偏僻的地方，這裡的主要客人真的是那些司機嗎？

「我是來出差的，因為工作出現一些問題，所以在這裡等我的同事。」

老闆一邊說著「原來如此」，一邊將一杯飲料推到多賢面前，然後再次回到廚房裡面忙東忙西。實際上，多賢沒有很喜歡跟商店的老闆或員工聊天，但是這家店的老闆有一種神奇的力量，透過簡短的交談也能夠讓人放鬆心情。

多賢喝了口飲料，這是一杯碳酸水，裡面放著葡萄柚的切片，幾乎喝不出什麼甜味。不過她本來就不怎麼愛喝甜品，所以正好對她的口味。過了一會，老闆端著湯品出現。

「這是奶油濃湯。」

湯的表面漂浮著一層厚實的泡沫，用湯匙舀起來，明顯沒有撈到液體，而是滿滿一匙的泡沫。將湯匙送到嘴裡，口感與眼見的質地卻不一樣，在嘴裡化開的是濃厚的液體。

「請問湯品還可以嗎？」

「很好喝！」

老闆見多賢單純的反應，露出微笑。下一道料理是沙拉，擺盤相當精緻，吃了一口後發現醬汁的味道十分特別。這家餐廳絕對不是什麼普通的店家。這麼有特色的餐廳，如果宥真前輩能夠一起來享受餐點的話，這次的用餐體驗一定更美好。因為，這裡的每道料理雖然都像是經過精心準備，但其實多賢並沒有足以分辨美食的味覺。

多賢舀起一口湯放進嘴巴裡，視線正好觸及廚房深處的牆面上掛著的相框。那相框不像是為了展示而掛在牆上，但鑲著閃爍發光的邊框，讓它變得十分顯眼。「Super-Supertaster!」的字樣下面是老闆笑容燦爛的照片。照片的背景印著巨大的嘴唇與舌頭，整個相框就是一種普普藝術的作品。大約是察覺多賢視線所在，老闆開口說道：

「那是超級味覺者協會頒給我的證書。」

「超級味覺者協會？」

聽起來好像什麼超能力者的協會，既陌生又超現實。

「那是一個屬於擁有優秀味覺者的協會。」老闆語氣中不乏驕傲。

多賢覺得這個話題令她驚慌，另一方面又對老闆所說的超級味覺者協會感到好奇，因此仍豎起耳朵聆聽老闆接下來的話。老闆開始講述關於世界各地都有分支的超級味覺者協會。人類之中有視力或聽力格外出眾的人，同時也有味覺機能異常優越的人，而超級味覺者協會，則是一群擁有無與倫比味覺的人組成的同好會。由於這項特殊的共同點而齊聚一堂的成員，大多對各種料理或飲食文化興趣濃厚，偶爾也會為其他團體或餐廳提供諮詢，但比起為了專門性的業務工作而建立的公會，這個協會更像是讓對味覺擁有特殊感受力的人聚會的團體。

「所謂的超級味覺，並不是指善於享受美食這麼令人稱羨的特質。普遍來說，超級味覺者對味道的感受比一般人更加敏銳，所以反而很難真正去享受大部分的食物。舉例來說，沒有人會因為紅茶泡得苦一些，就完全喝不下口，但是對超級味覺者而言，即使有那麼一丁點的苦澀，也會變成無法承受的味道。即便如此，協會裡的人對自己的味覺也都有一定程度的自信心，所以主要還是從事跟飲食相關的工作，不過也有不少人把才能發揮在製造食品或是外食領域。我們每次聚在一起都會開賭局來玩，比如玩盲測飲料品牌的遊戲，輸的人就要請客，就跟玩猜拳一樣，雖然我根本不想邀請這些朋友到餐廳裡。」老闆笑著補充。

對多賢而言，這個話題彷彿打開了她的新世界。

「真的好神奇……我好難想像這一切。」

多賢與老闆口中所描述的那些超級味覺者恰恰相反，她的味覺可說是極度遲鈍，因此親朋好友總是嫌棄她——妳是不是沒有舌頭啊？無論如何，這似乎是基因決定的。因為多賢的父母親每次做飯，也會做出一些難以入口的東西。正因如此，多賢的老家中隨時都備有無加糖的麥片。

多賢又喝了一口湯，由超級味覺者所做的湯品，似乎確實能嚐到一些非比尋常的味道及口感。雖然隱約有這種感覺，但由於多賢缺乏分辨這種細節的能力，因此也令她格外遺憾。

「只要透過簡單的測驗，就可以知道自己有沒有超級味覺，您要不要試做看看？最近用的都是薄荷口香糖測試組合。」

老闆親切地提議，但多賢笑著拒絕了。

「不用測試也知道，我就是一個味盲。」

多賢是第一次跟初次見面的人聊這種話題，但是由於她對老闆起頭的超級味覺者話題興致勃勃，因此希望這場對話能繼續下去。

「老闆您用心替我準備了料理，我還說這種話也許很失禮，但是我沒有辦法從食物中感受到特別的味道。應該說，不管是什麼料理，我只能感覺到自己正在吃東西。到目前為止，我的人生中還沒有出現過『美味』的經驗。我的朋友看我沒辦法品嚐到好吃的東西，就帶我去很多頗具名氣的餐廳，我很感謝他們的這番心意，所以只好裝作很好吃的樣子。雖然我感覺不到味道，但是我的演技很不錯哦。」

多賢跟美食真的沒什麼緣分。人們都有花費數十萬韓元去餐廳吃飯的經驗，但多賢卻只能得出「為什麼這種料理可以賣這麼貴，真是難以理解」的結論。恰巧多賢的朋友都是一些對美食頗有研究的美食愛好者，當他們請多賢推薦一些好吃的店家時，多賢沒有想太多便推薦了自家附近的餐廳，卻被朋友們嫌棄：「這種餐聽有什麼好推薦的？」此後，只要朋友們討論到關於美食的話題，多賢就絕對不會再開口說話。

聞言，老闆陷入一陣沉默，表情像是不知道此刻該如何回應。

「啊……原來是這樣啊。」

當然，身為一間餐廳的老闆，對於吃不出料理味道的客人，確實也沒什麼可說的。即使如此，多賢仍然感到慶幸，老闆並沒有露出驚訝的神情，也沒有表現出被冒犯的怒意，更沒有顯露同情的態度。她對其他人提到同樣的話題，通常都會得到類似於「真可憐」、「人生的樂趣都沒了」……等等的回應。多賢可不這麼認為，人生中明明就有形形色色、各式各樣的樂趣。然而，雖然彼此是第一次見面，卻能輕易向老闆透露這些訊息，也是因為從對方身上感受到奇妙的信任感。

不過，老闆接下來說出的話卻出乎多賢的意料。

「怎麼辦？您跟我真的好像。」

「什麼？」

「我也跟您一樣，這輩子還沒有嚐過別人做的美食，這件事真的很讓人遺憾。」

多賢對老闆的這席話感到詫異，此時老闆突然驚叫「食物要涼掉了」，接著身影便消失在廚房中，但沒過多久又從廚房裡鑽了出來。老闆的手上端著盤子，上面盛裝著手工漢堡及炸薯條。老闆將盤子放在多賢面前，眼前的手工漢堡僅是外表就令人垂涎欲滴，縱使多賢不能嚐到什麼特殊的味道，口中也開始分泌起口水。

多賢接著問道：「剛剛那番話是什麼意思呢？」

老闆笑著讓多賢先吃飯再說，多賢拿起餐刀切開手工漢堡，咖啡色的醬汁在盤子上流淌。老闆則接續前面的話題。

「雖然我是超級味覺者，但說實在的，我其實是擁有跟別人不同的味覺。舉例來說，別人感覺到的是巧克力與糖果的甜味，對我來說卻異常噁心。普通人的苦味，對我來說是甜的；普通的鹹味，對我來說則是苦的。當然，這種味覺機制不是三言兩語就能解釋清楚，不過總而言之，我的味覺跟一般人完全不同，並且又非常敏感，所以對我來說只有痛苦。」

多賢點頭表示認同，雖然她不像老闆一樣可以敏銳地分辨各種味道，但是她能夠感受到如出一轍的難言之隱。

「我的情況也跟老闆您很類似，此外我也不太喜歡巧克力或是甜點。那麼其他人覺得美味的料理，對您來說也會有不一樣的感覺吧？」

「當然了，雖然偶爾也能吃到一些不難吃的料理，但是都稱不上『美味』。還記得小時候，確實有吃過什麼好吃食物的記憶，長大以後就沒有這種經驗了。」

雖然味覺十分優越，但也因為與眾不同，反而無法去享受食物的味道，這個事實著實令人訝異。既然如此，為什麼一個擁有不同味覺的人要經營餐廳，提供料理給一般人呢？為什麼偏偏要選擇成為餐廳的老闆呢？老闆繼續訴說自己的故事，像是在回答多賢心中的疑問。

「如果進食只是為了生存，那麼認知到這個事實以後，也可以就這樣放棄，不再採取任何行動。只要能找到一些入口不會讓我太痛苦的食物，或是食用沒有任何味道的膠囊食品就好。然而，對我來說這一切變成一種挑戰。畢竟人生很漫長，所以我就下定決心，不管怎樣都要找到好吃的東西，哪怕只有一次。」

老闆在說出這些話的時候，表情很是堅定。

「一開始，我先進入一家食品公司。那是一間為獨居者開發速食料理食品的公司，在試製品[15]的階段，我必須試吃所有的食材、加工後的成品以及參考用的對照組料理。即使都一樣難吃得要死，但只要想到這是工作，反而不覺得難受了。因為這樣，我飛到世界各地出差的機會也變多了，這也是我喜歡這份工作的地方。多虧這份工作，我也了解到自己並不適合世界上所有國家的飲食文化。此外，只要聽說哪裡有噁心的食物，我就會特地跑過去試試看。黑布丁、海鮮果凍、膿汁雞蛋……那些通常被認為是怪異料理的食物，我都一一去嘗試過了。不過，我的想法是錯的，並非不符合地球人胃口的食物，

15 譯注：指作為內部研究、測試用的產品，通常不會在市場上流通。

就一定適合我的味覺。」

雖然多賢對老闆的黑暗料理旅行記感到好奇萬分，但是這樣聽下來，也覺得這似乎是一個以「如何傷害自己的腸胃」為主題的故事。講起這些故事，老闆似乎也樂在其中，她接著說道：

「經歷了幾年的失敗經驗後，我的思考模式也有所改變，也就是說，既然這樣，我該去研究其他種類的味道了。」

後來，老闆辭去了食品公司的工作，接著進入一間製作寵物飼料的公司。那時的老闆異想天開地認為，既然自己不適合人類的口味，那麼動物的食品搞不好更符合自己的味覺。在動物飼料公司中，為了迎合寵物的喜好，雇用了許多分析飼料口感與味道的試吃人員。當實驗室精心製作出兼顧營養均衡的試製品後，試吃人員必須親自品嚐這些飼料試製品，並針對氣味、口感、黏稠度與味道等項目進行評價，這其中有很多經過機器量化後也無法分析的指標。老闆表示，自己當時在這份工作中表現得很好。

「可是，還是不好吃。」

老闆聳肩道：

「後來我才知道，原來比起人類的味覺，動物對於味道的認知更為遲鈍。許多動物擁有比人類還要優秀的視覺與嗅覺，人類卻只有味覺高度發達。我還聽說，因為人類擁有特殊的呼吸路徑，在吞嚥食物的時候，食物會從嘴巴進入，經過喉嚨的後半段，這時氣味會進入鼻腔深處，而這個氣味只有人類能夠識別。動物雖然也能夠用鼻子聞到味道，但是卻聞不到口中食物的香氣。畢竟動物不像人類擁有飲食文化，所以這種說法應該是對的，但如果可以，我還是想親耳聽聽動物們的答案。那些說法是真的嗎？難道不是寵物在忍耐人類糟糕透頂的料理能力嗎？總而言之，在那間公司試吃的東西中，也就只有蜥蜴的飼料粉還過得去……雖然有不少有趣的事情，但是依舊沒辦法達成我原本的目的。不過，為了測試飼料，可以經常看見小狗，這倒是滿不錯的。」

「即便如此，您還是很努力呢。」多賢不禁感歎。

雖然多賢也沒有品嚐過美味的食物，但是在相似的經驗背景之下，多賢成為一個對食物毫不關心的人，而老闆卻展開了勤奮的味覺探索之旅。這個事實讓多賢感到神奇，同時也覺得有趣。

「多虧於此，我也整理出一些頭緒。也許問題不是出在個體的味覺差異，而是出在種族的差異上。」

多賢無法理解老闆的這番話，但就在她要詢問之前，老闆率先開了口。不知不覺中，手工漢堡只剩下一半，多賢也已經有些飽足感了。

「我是在回家以後，才獲得意料之外的線索。」

「在家裡嗎？」

「是我的母親。」

多賢看著說話時雙眼閃爍的老闆，腦中浮現自己那個對料理毫無興趣的母親。雖然父親偶爾會煮些東西，但是味道十分普通。想到這裡，多賢又再次確定自己的味盲是遺傳自父母的基因。

「不管我在外面做什麼，只要我還沒餓死，我的母親就不會花心思管我。有一次我回到久違的家，跟她分享我那幾年的冒險故事，她聽完後就開心地大笑起來。她說她都不知道我對食物這麼執著，還說以為我會早早放棄。我好奇母親為何會這麼說，結果她這麼回答我。」

老闆模仿她母親的聲線，發出與方才全然不同的聲音，說道：

「我們的味覺跟地球人不一樣，雖然很遺憾，但事實就是這樣。」

多賢咬到一半的炸薯條，噗咚一聲掉回盤子裡。剛才那句話是在開玩笑吧？然而描述著這些故事的老闆，眼中閃爍著頑皮的光芒，同時卻又莫名地真摯，嘴角噙著肯定的笑容。多賢尷尬地笑了起來。

「您的母親還真是幽默呢。」

「是啊。就算您不相信也沒關係，我一開始也擔心母親是罹患了老年癡呆症，後來覺得她只是在開玩笑而已。不過……仔細想想，就發現很多奇怪的地方。我從來沒見過我的祖父母，還有親戚也是。小時候在腦海中的記憶明明十分鮮明，直到那天我聽到母親的話之前，我都以為那些記憶是我自己的想像。比如說，在旅行的途中迫降到地球上，或是模仿人類的樣子去打理外貌之類的記憶片段。」

從哪裡開始是事實？到哪裡為止是笑話？難道從一開始說自己是「超級味覺者」，就是一個很逼真的玩笑嗎？

「大學裡教授的外星生物學中，有一段基礎課程的內容是這樣說的：『即使我們是擁有相同祖先的生命體，如果彼此在不同環境裡進化，味覺也會產生極大的差異。味覺是所有的感覺中，唯一會跟著文化與環境發展出不同樣態的感官。』當然，這個教材撰寫出來時我們還沒來到地球，所以只是推測……但是，後來我才發現一件事，我如果想要感覺到食物的味道，就需要一種特定的氨基酸，然而這種氨基酸並不存在於地球上。原來母親不是平白無故吃一些看來像是營養食品的膠囊。這是一個非常悲哀的宣言，宣告著即使我們能夠和地球人一起分享食物，卻無法一起共享這份快樂。」

多賢開始把它當成是一種有趣的陰謀論，側耳傾聽著老闆的故事。

「我之所以會加入超級味覺者協會，大概是覺得裡面也有其他成員跟我一樣，是被迫降落到地球上的。」

「那協會裡也有從外星來到地球上的成員嗎？」

「雖然我有懷疑一些人，不過很難直接詢問他們。是有猜到幾個人啦，但最終也沒辦法問出口。後來我的母親告訴我，其實地球上有非常多來自其他星球的居住者，大家一起生活在這裡。大部分都是無意間降落到地球上，在這裡停留一陣子後，便自然而然地定居下來。不過如果情況允許，我也想去一次自己出生的星球。」

「太神奇了，其他星球出生的人竟然有這麼多……可是難道沒有人察覺這件事嗎？」

在多賢耳裡，這些話就如同誇張的玩笑，因此忍不住笑著加入話題中。然而，老闆用無比認真的眼神看著多賢，反問道：

「你們不是很久以前就已經製造出企鵝機器人了嗎？」

「企鵝機器人？」

「就是一種企鵝外型的攝影機，用來調查南極的企鵝。雖然仔細觀察的話，就會發現攝影機與真實的企鵝長得不同，但是企鵝可能真的把機器當作自己的同伴，因此才成功與企鵝群體打成一片。」

「是啊，但那只有外型是企鵝，實際上不過是攝影機而已。可是，要模仿人類的話……」

「連自由進出宇宙都辦不到的文明，都能做到這些事情，那麼對於已經能夠達成宇宙旅行的文明而言，這不是更加容易的事情嗎？」

「確實是這樣沒錯……不對啊，就算是這樣，那也太……」

「您相不相信都沒關係。」

老闆笑得怡然自得，反觀多賢對這一切覺得更加混亂了。

「反正，其他留在地球上的外星居住者，大概不像我一樣那麼想要回到自己的星球。」

「為什麼呢？」

「誰知道呢？大概已經在哪裡找到符合胃口的食物了吧。不然，就是太喜歡地球生活，所以飲食方面的問題也可以忍耐。」

聽說，老闆在這條冷清的街道上開店之前，最後一份工作是試管肉[16]的評測研究員。

16 譯注：一種透過生物工程來培養動物肌肉細胞的替代性肉品。

這份工作的內容是品嚐在各式各樣的條件下養殖出的試管肉，並評測其味道與口感。老闆說，她並不是非得要轉職不可，只是比起原本的飼料試吃人員，待在這家公司相對更能了解人的味覺，至少她一開始是抱著這種期待。當時，一般試管肉的味道並不佳，也沒有成為生活中常見的食材。不過，現在試管肉的味道已經大幅改善，基於環境與倫理上的考量，大部分的肉品都被試管肉取代。

不過，說是最近的事情，其實也行之有年了……

您到底幾歲呀？雖然多賢很想這麼問，終究還是忍住了。從老闆的外貌上來看，要說是跟多賢同齡或是年紀相仿，大概沒有人會懷疑，但是老闆有這麼多人生經歷，應該最少比多賢年長二十歲左右吧？多賢訝異一個人可以體驗過如此多種職業，而且這勤勞程度絕不是一般人比得上的，也許只有來自其他星球的人，才能辦到這種事情。此外，多賢也感到敬佩，地球人覺得困難的事情，外星人卻可以辦到。

「我聽說地球上有許多來自我故鄉的人，也都是意外著陸在地球上。因為有個熱門觀光景點的座標，與地球非常接近，如果傳遞訊息時沒有仔細確認，就極有可能會發生錯降的事故。」

老闆聳聳肩。

「也是由於這個原因，為了跟我經歷相同困境與痛苦的同鄉人，我想做出美味的料理來招待他們，但是我其實不知道他們到底都住在哪裡。地球比我想像得還要寬廣。我也不能追著那些我懷疑的人，問他們是不是來自外星球。」

多賢不由自主地點頭，老闆的故事越聽越覺得有說服力。

老闆繼續說道：

「我現在也在網路上經營部落格，主題是『不同口味的食譜』。從外星來的我們也需要一些美味的食物，但是地球對於擁有不同味覺的人來說，仍然是一個美食沙漠。我想，說不定有人會因為我寫的食譜而受益。不過，也有地球人來我的部落格留言，說他們按照食譜料理後，卻做出像垃圾一樣的噁心食物。」

稍早多賢吃下肚的手工漢堡味道並不差，不過能夠讓人特地寫下這麼嚴重的留言，表示外星人喜好的味道真的非常與眾不同。多賢笑著問：

「那您最後有找到美味的料理嗎？」

「當然了！」

老闆自豪地回覆。

「我現在提供的餐點，全部都是符合地球人口味的料理。不過，在不需要為其他人做飯時，我就會隨著自己的喜好去開發新菜單，現在我已經能做出不少美味佳餚。而且，我相信還有很多料理等著我去發現。」

老闆說著這番話的同時，轉身進了廚房。半掩的廚房深處傳出老闆的聲音：

「我正在開發能夠跟地球人一起分食，並且味道也不差的料理。畢竟一起分享食物這個行為，對地球人來說具有特殊的意義，對吧？」

聞言，多賢咧嘴笑了。

「最近的趨勢已經變了，現在的人都覺得自己單獨吃飯比較輕鬆。」

老闆再次出現在吧檯前時，手上拿著兩個杯子，裡面盛著飯後甜點，一個放在多賢面前，另一個則是放在自己面前。

「就算如此，人偶爾也需要可以一起分享的美味。」

眼前的布丁就跟最初見到的濃湯一樣，泡沫層厚實地覆蓋在上面，那灰白色的泡沫看起來狀如浮雲。老闆挖起一口布丁放進嘴巴，露出心滿意足的神情。

「這東西對我來說很好吃，但是對地球人來說，只是一個嚐起來很普通的點心，不過我已經對這個成品很滿意了。您試試看吧。」

多賢模仿老闆的方式，一口氣挖起層次豐富的布丁送進口中。一開始，先感受到的是泡沫的鹹味，接著是雲朵般鬆軟的口感，最後是甜味在口中擴散。多賢激動地感歎道：

「真好吃！真的！」

「謝謝您，很高興它符合您的口味。」

老闆說出最後這句話時，似乎是以一種懷疑的目光在審視多賢，但說完後又立刻笑了起來。

多賢總覺得跟老闆聊了很久，但是從餐廳走出來時，發現也才過了一個小時左右。

多賢離開餐廳的當下，宥真剛好打電話來，表示她馬上就要抵達休息站。然後多賢才知道，宥真之所以在海洋生物研究所耽誤了時間，是因為那裡的員工纏著她，想給她看他們在大海中發現的一種擁有特殊花紋的海星。

多賢猶豫著該不該跟宥真分享自己剛才探訪的那間奇怪餐廳，雖然剛才聊的都是一些她無法理解的事情，但是總覺得不特別提起也無所謂，所以便閉上了嘴巴。

後來有很長一段時間，多賢都沒有必須前往江陵或是海洋生物研究所的工作。一年後，她與宥真再次前往研究所出差，途中多賢堅持要去休息站裡看看，宥真雖然對此感到詫異，但也按照要求來到休息站。然而，那間餐廳卻消失了，甚至連那間餐廳曾經存在過的痕跡都沒有留下。休息站的使用者似乎越來越少，以至於整間封鎖停業。多賢想起老闆曾經說過，她會經營部落格來分享一些食譜，便嘗試上網搜尋，然而網頁卻寫著「網址已停用，目前無法顯示」的字句。那天發生的一切宛如夢境一場。

此後，多賢只要偶爾遇到會做一些奇怪料理的人，就會猜測對方是不是有外星人的遺傳基因。總而言之，如果地球能夠成為一個能夠讓各種不同味覺的居住者感到友善親切的星球，那是再好不過了。

除此之外，多賢變得比以前更喜歡布丁了。過去她總是對甜品敬而遠之，但那天吃過老闆做的布丁以後，她就奇異地開始覺得布丁也挺可口的。只要聽說某處咖啡廳販售美味的布丁，多賢就會專程前去探訪；每當便利商店有新品上架，多賢也一定會立即買來嘗試。當然，至今為止都沒有發現比老闆的布丁更令她滿意的味道。

從某個瞬間開始，多賢突然能夠理解為什麼會有人生苦澀的比喻。每當自己在某處想起曾體驗過的這種滋味時，腦中就會浮現那次跟迫降在地球的外星人老闆一起共享午餐的奇妙經驗。殘留在多賢記憶中的，是遙遠的過去也許曾在某個星球上，與錯身而過的人分享的對話，以及曾經品嚐過宛如白雲的那勺布丁的味道。

想到這裡，她彷彿還能隱約感受到刺激的甜味在舌尖上打轉。

越過邊境

下面是派遣者B-492100提供之自動智慧技術報告書，內容是關於「帕內摩爾地區雲霧森林村落調查任務」，此為二次審查結果，並由管理者AI泰德請求審查人員的最終審核意見。

沿著帕內摩爾山脈……人類正在走向滅亡，但是……被污染的植物……蕈菇……派遣者們……

*原始檔案已損毀，無法確認部分內容。

*文中提及其他派遣者。

*由於文中談及處分措施，故該地區可能會被選定為下一個處分對象。

審查人員的意見：請刪除全文並重新撰寫。

由於原始檔案已經無法找回，故請重新撰寫本次報告書，以代替目前損毀的文本。

……

【警告：現在使用中的作業晶片並未取得當局許可，故有爆炸或侵蝕之可能性。此外，該晶片被判定為違反規範C–3057條款之非法改造物，建議立刻退出。】

【說明照會】

本文係針對派遣者代號B–492100之警告處分。

上述派遣者獲得帕內摩爾地區的入境許可並前往該區域，然而該派遣者在進行派遣任務時，違反規範A–2489中規定之「自動智慧技術報告書之保護義務」，且並未提交規範D–072中明定以「透過蒐集行動認定之實驗樣本」為基準之標本。綜上所述，本次派遣任務獲得「態度消極」之評價。據此，對上述派遣者追加一次警告與自省處分。

……

【本訊息閱讀後，將會立刻從本機中刪除。】

【請問現在是否要閱讀訊息？】

【ＯＫ】

【套用模式：開啟並套用不合作模式。】

拉特娜，妳現在還好嗎？希望妳已經前往安全的地方。

值得慶幸的是，上次那份報告書被我中途攔截，大肆修改了一番。如果報告書落到我以外的其他人手上，那麼情況將會非常危險，尤其讓那些人發現這麼有趣的事。從身體裡面長出蕈菇的人類！妳果然應該要來參加這次的會議。不過，因為沒辦法過於明目張膽地刪除整份報告書，所以沒來得及阻止對妳的自省處分。負責監視我們的泰德，那傢伙本來就很惡劣，只是稍微有一點點不對勁，就拚命找碴，唉！

這次開會的地點是拉特娜妳也很熟悉的地方，也就是德克薩斯州范霍恩附近的沙漠。二〇二〇年前後，那是個沒有人預料到地球會變成如今這副模樣的時期，由單純的工程師與設計師所創造的「跨越萬年的時鐘」就在那個地方。一萬年究竟是什麼概念？我們光是度過個幾十年，就必須面臨死亡的危機了。但是基於尊重前人的角度，同時也為了確認荒地的污染狀況，會議地點最終還是決定在那個地方，舉行屬於不合作派遣者的會議。進入深幽的洞穴深處，頭頂上的陽光灑落，極度緩慢的時鐘正以肉眼無法感知的速度永無止盡地運轉。不過，這些數以萬計的時鐘裝置依舊正在轉動，這點是毋庸置疑的。一萬年以後，連這些時鐘都停止運作的那天來臨時，地球會變成什麼樣子呢？

我們在洞穴中討論了關於妳、柳京還有歐文的近況。令人惋惜的是，正如同拉特娜妳的猜測，歐文似乎確實被「處分」了。雖然我們做的事情本就危險重重，但是失去了一個交情還不錯同事，著實令人難受。當然，就算不加入我們的行列，歐文自己也會去做一些縮短壽命的事情，畢竟他多少有些不愛惜自己的身體。

會議中，我們也針對總部逐漸激化的思想審查，討論了對應的方法。妳也知道，總部一直懷疑我們這些不合作的派遣者為了讓外星物種可以在地球擴散，而入侵了派遣者的網路。他們還以為「大寄生」是什麼間諜戰嗎？如果丟掉二十世紀科幻電影在人類大腦中灌輸的嚴重偏見，如今抵達地球的那些外星植物正在做的事情實在昭然若揭。它們只是像個普通植物那樣，進行一些維生必要的事情，難道不是嗎？即使我們站在它們的對立面，但是指控外星植物精密地控制人類的心智，來謀劃破壞隔離都市之類的主張實在是……就算他們不用這種充滿潔癖的方式調查內部人員，對我們來說仍有許多待解的問題。

不管怎樣，為了我們這些不合作派遣者的安全，我們也創造出各種不同的暗號。現在我寄給拉特娜妳的訊息，也是使用其中一種暗號。希望下次我們能夠在會議中見面，以便將這個暗號的使用方式告訴妳。

另外，必須要轉達給妳的訊息清單，請參考附件的會議記錄摘要。對了，聽說伊傑洛普正在保護一個從隔離都市中逃出來的複製人男孩。我之所以把這件事單獨拿出來說，是因為那個孩子看到妳寄來的菌絲體樣本後，他的反應就像是知道什麼內情一樣。目前還沒有能夠和那孩子對話的派遣者，所以不知道箇中原因。總之伊傑洛普跟柳京似乎打算輪流保護他，並嘗試跟他交流。如果能夠說服這男孩，我們也許就可以確認那傢伙的複製室中正在發生的可怕事情。

讓我們重新回到時鐘的話題吧！妳知道我們在洞窟裡面親眼看到了什麼嗎？那景象令人驚訝，我們在洞窟裡支撐時鐘部件的水晶支柱上，看見環繞柱子生長的外星植物。究竟是誰來到洞窟裡，把種子灑在這裡呢？還是說，入侵的外星植物甚至遍及這片荒地的洞窟深處了？無論是哪一種情況，都可以明顯得知，現在我們討論一萬年後的話題相當荒唐。不用說一萬年了，就算只經過數十年，我們已足以變成跟現在完全不同的物種，地球上的風景也一樣。那會是怎樣的一幅畫面呢？真的會像總部預言的那樣，只能走向駭人的未來嗎？

為了盡可能減緩外星植物入侵的進程，派遣者們奔走世界各地，極力降低植物向外傳播的速度。但是也有人認為，人類還不如去適應這件事比較好呢！然而，在看到外星植物入侵所造成的各種恐怖事件後，又覺得那樣的想法過於天真。所以，他們得出的最終結論是，也許我們應該尋找與這些令人窒息的外星物種共生共存的方法。

我們應該怎麼對待這些外星植物？這個議題即使在我們不合作的派遣者當中，也是個尚未達成共識的問題。如同妳上次調查後提出的建議，與奇異的菌種形成神經系統的聚合體，也許是可行的方法之一。雲霧森林裡村民雖然看似以嚇人的外貌生活，但是卻能不被狂躁症影響，這真的是件令人倍感興趣的發現。也許，那些村民的生活也是答案的一種吧！我們的選項有兩種，是將我們的大腦交付給存在於地球上的蕈菇，還是對外星植物採取適當的讓步與妥協。我也不知道，不過總部大概會認為兩種選項都很可怕……可以確定的是，我們不可能繼續維持現狀生活下去。我們全都已經產生變化了，再也無法回到最初的模樣。

近來，我嘗試把妳寄來的樣本養在盒子裡，不過結果讓人失望，這些在盒子裡的菌絲完全沒有繼續生長的跡象，似乎也沒有製造連接網或是形成集體智能的現象。也許這些生物根本無法靠自己完成這些事，必須同時有沼澤或是雲霧森林那樣的環境，這些生物才能啟動真正的機能。這就跟我們、跟人類這種生物一樣。

總而言之，拉特娜，我一直在等待著與妳再次重聚的那天。為了讓妳能度過無聊的自省時光，我會傳一些有趣的電視劇給妳，了解過去的人對於宇宙旅行有多少天馬行空的想像。看他們如何大費周章地利用物理學苦心研究，只為了得出前往宇宙另一端的方法。宇宙耶！地球大半都已經被掠奪的此時此刻，我們甚至無法踏出這個星球半步。妳不覺得很有意思嗎？

妳的同事
妍雨敬上

行星語書店 행성어 서점

作者	金草葉
譯者	郭宸瑋
美術設計	謝佳穎
插畫	崔寅皓
行銷企劃	江紫涓、蕭浩仰
行銷統籌	駱漢琦
業務發行	邱紹溢
營運顧問	郭其彬
責任編輯	吳佳珍、李世翎
總編輯	李亞南
出版	漫遊者文化事業股份有限公司
地址	台北市松山區復興北路331號4樓
電話	(02) 2715-2022
傳真	(02) 2715-2021
服務信箱	service@azothbooks.com
網路書店	www.azothbooks.com
臉書	www.facebook.com/azothbooks.read
營運統籌	大雁文化事業股份有限公司
地址	台北市松山區復興北路333號11樓之4
劃撥帳號	50022001
戶名	漫遊者文化事業股份有限公司
初版一刷	2022年9月
初版三刷(1)	2023年7月
定價	台幣360元

ISBN 978-986-489-689-9

This book is published with the support of the Literature Translation Institute of Korea(LTI Korea).

國家圖書館出版品預行編目 (CIP) 資料

行星語書店/ 金草葉著 ; 郭宸瑋譯. -- 初版. -- 臺北市 : 漫遊者文化事業股份有限公司, 2022.09
200 面 ; 14.8X21 公分.
譯自 : 행성어 서점
ISBN 978-986-489-689-9(平裝)
862.57　　111011912

行星語書店